Hermann Kinder · Alma

HERMANN KINDER

Alma

PHANTASIEN
ZUR ZEIT

KRIMINALNOVELLE

HAFFMANS VERLAG

Umschlagbild von
Nikolaus Heidelbach

1. Auflage, Frühling 1994

Gesamtherstellung:
Offizin Andersen Nexö, Leipzig
ISBN 3 251 00238 4

Inhalt

I SICH STEIGERND

Alma war, nachdem sie ihre Diplomprüfung in Biologie gut bestanden, aber keine Stelle gefunden und die Nachtwachen in einem Pflegeheim aufgegeben hatte, weil ihr das Drehen und Säubern der im Kot liegenden sinnenlosen Körper zu schwer geworden war, das Geld ausgegangen, so daß sie das Zimmer in der Wohngemeinschaft räumen und zu ihren Eltern zurückkehren mußte. Eine Weile hüllte sie sich in die Verwöhnung der Mutter, die die Türen behutsam schloß und Alma, wenn es etwas zu helfen gegeben hätte, mit dem Hund ins Freie schickte. Mürrischer erwähnte der Vater die fehlgeschlagenen Versuche, über Geschäftsfreunde eine Arbeit für die Tochter aufzutun. Alma lag morgens zu lange in ihrem Mädchenbett und wärmte sich mit den Händen den Bauch, in dem es schmerzte, als wendete sich die Gebärmutter. Fror sie, obwohl in ihre alte Decke fest gewickelt, in der Nacht und sah sie den großen weichen Widerschein der in das Tee-Stövchen gestanzten Sterne an der Zimmerdecke schwimmen, schien ihr Leben ein Betrug, der endlich ans Licht gekommen war. Eine untüchtige Gesichtespielerin, die sich Erwartungen wie zu teure Kostüme angemaßt hatte, die hinuntergerutscht waren, darunter alles pfui, Orangenhaut, Schwangerschaftsstreifen ohne Schwangerschaft, die Falten am Hals, das graue Haar, so abgelebt, sie war bald dreißig, andere hatten ihr Haus gebaut und Kinder geboren, sie trat noch immer Turnschuhe schief. Im Traum bröckelten die Türme des Kölner Doms und steinigten sie. Ihre Bewerbungen wurden nicht beantwortet. Und wurde sie zu einem Gespräch über eine Anstellung als Pharmaberaterin eingeladen, von der überzeugendes Auftreten erwartet wurde, hieß es, sie werde hören; aber sie hörte nichts mehr, nicht einmal die Fahrtkosten wurden überwiesen. Namenlos schlugen die Tage vorbei, und wenn Alma aufschaute, prasselten durch die Kastanien, die eben noch geblüht hatten, die Früchte.

Und dann bremste ein mögliches fernes Unglück den Gleichgang der Zeit. Paul ist tot, weinte die Mutter; Wimpern und Lidtusche waren im Papiertaschentuch verflossen, ihre Zunge bräunlich von Salmiakpastillen. Der Vater beschwichtigte: Verschwunden vorerst, höchstens verschollen, mehr nicht. Paul, des Vaters jüngerer Bruder, hatte nach dem Ende der Ferien den Dienst an der Schule nicht wieder aufgenommen, die Erkundigungen der Schulleitung und Kollegen bei der von Paul angegebenen Fluggesellschaft und der Botschaft in Venezuela konnten Pauls Weg nur ein Stück aufhellen: Paul war eingereist, hatte eine Woche in Caracas verbracht, war nach Maracaibo geflogen, von wo aus er eine Schiffstour nach Curaçao unternehmen wollte, deren Passage aber nicht belegbar war. Seither nichts mehr. Zuletzt erinnerte sich jemand, daß Paul einmal von einem Verwandten gesprochen habe. Alma hatte den Onkel nie gesehen.

Der Vater legte eine Liste zu unternehmender Schritte an. Alma übernahm Gänge zu den Ämtern, zum Notar. Wir müssen hin, sagte der Vater, wir lassen uns die Wohnung öffnen. Es stellte sich jedoch heraus, daß die

Mutter einen Schlüssel zu Pauls Wohnung verwahrte; der Vater schaute schnell auf, sagte aber nichts dazu. Du könntest uns helfen, baten die Eltern, eine Zeitlang in Pauls Wohnung nach dem Rechten sehen, vielleicht erfährst Du ja was. Alma kam es gelegen. Sie fuhr mit dem Vater in Pauls Stadt. Mit der Schulleitung, der Bank, der Post, der Polizei, dem Vermieter beredeten sie das Nötige. Am Abend trug der Vater, ohne den Motor abgestellt zu haben, Almas Koffer aus dem Auto vor Pauls Wohnungstür und schlug ein Hotel vor. Er habe Paul nicht sonderlich gemocht, ein Windbeutel, schon immer. Es war, wußte Alma von der Mutter, wegen einer grundlosen Eifersucht. Sie tranken an der Bar des Hotels. Der Vater hob das Glas auf Almas Zukunft. Alma rutschte das Lächeln. Der Vater tröstete, er habe großes Vertrauen in ihren Weg, es sei nur, entschuldigte er seine Ungeduld, daß man sich keine Sorgen mehr möchte machen müssen um das Kind. Der Vater hatte alte Hände bekommen, Adern ohne Kraft zwischen auswachsenden Flecken. Alma dachte: Ich wollte, ich bräuchte mich nicht um Deinen Tod zu sorgen. Am anderen Morgen war der Vater, der seinen pünktlichen Dienstantritt nicht versäumen wollte, abgereist, als Alma zum Frühstück kam. Er rief von einer Raststätte an und bedankte sich für ihre Hilfe.

Den langen Tag über blieb Alma in der Küche sitzen. Vor Pauls anderen Räumen scheute sie noch. Der Nescafé war leicht zu finden. Sie saß, das Haus lag still, nur mittags Tritte auf der Steintreppe des Flures in die obere Wohnung und nach einiger Zeit wieder herunter. Alma hatte die Hände gerade vor sich auf den Tisch gelegt und sagte zu jedem Finger: Rühr dich. Die in Prüfungs- und Bewerbungsangst abgenagten Nägel waren noch nicht ebenmäßig nachgewachsen; noch immer der Tintenbuckel am Schreibfinger. Dann betrat sie das Wohnzimmer, saß auf dem roten Ledersofa und schaute über die Terrasse in den sich wiegenden dunkelgrünen Globus der Kastanie, aus deren Wipfel sich Rabenkrähen in den Wind warfen und wieder hineinschnitten mit seitlich aufgespreizten Flügeln. Allmählich stellte sich der Atem ihres Ohres auf den Takt der Busse ein, die durch die mit zweigeschossigen und großzügig von Grün umrahmten Häusern bebaute Allee verhalten brummten, auch jetzt, da die Tür weit offen stand. Im Rücken des Berges neben dem Wipfel der Kastanie stak der Nagel des Fernsehturms. Die Sonne näherte sich dem Turm, ohne daß es Alma, die ein Auge zuhielt, gelungen wäre, die Bewegung der Sonne zu erfassen als Verringerung eines Abstandes wie bei der Wolke, die der Kastanie als bauschige Kochmütze aufsaß und langsam vom Scheitel rutschte. Der Turmnagel wanderte gleißend von einem Rand der Sonne zum anderen, gewann seine Festigkeit wieder und ließ die Sonne fallen, die, plötzlich haltlos, auf der scharfen Naht des Waldkammes auslief, zerschmolz zu einem roten Gegenglanz, der überlaufen wurde von der sich verdickenden Nachttusche. Alma war ruhig, schläfrig ohne Müdigkeit. Sie legte sich, so wie sie war, auf das rote Ledersofa vor der Terrasse. Kein Schmerz über den Leisten.

Alles war hier so in Ordnung. Das Programmheft war weder aufgeblättert noch zerknittert. Es lag rechtwinklig zum Rand des Glasstahltisches, die Fernbedienung rechtwinklig zum Rand des Programmheftes. Der Kühlschrank mit Essig ausgewischt, die Tür durch einen Gummiring nicht zu weit gelüftet gehalten. Das Eineinhalb-Bett im Schlafzimmer abgezogen, mit einer Spreite abgedeckt, die keine Falte warf. Mottenhölzer, symmetrisch auf die Böden der Wäscheschränke verteilt. Im Arbeitszimmer alle Ordner in Normschrift ausgezeichnet, die Lehrbücher in den nach Sportdisziplinen und englischen Jahrhunderten gegliederten Regalen auf Kante gebracht. Und auf dem tischtennisgroßen Eichenschreibtisch nichts als die Liste der Schritte, die Paul nach seiner Reise zu unternehmen hätte. Nirgendwo Blumen, der blühende Kaktus mit der Gratulationsbinde zum 20jährigen Dienstjubiläum nur täuschend natürlich. Im Fitnessraum die Geräte, eine aufgebockte Matratze, kein Socken in der Ecke. Die Gefaßtheit der Wohnung straffte Alma, als habe sie endlich Wichtigkeit, die Pflicht, der Verwirktheit ihres Lebens zu trotzen und ein stetig eingerichtetes Leben zu bewahren, das mit einem ungesehenen Hakenschlag in einem Flußwald oder Choleraspital verloren schien. Das vornehme Blau der lichten Busse in der beschatteten Straße, friedsam das Plappern der Raben unter dem Dach der Kastanie. Das rote Sofa forderte, zurückgelehnt sitzen zu bleiben und die Arme weit auszubreiten über das kühle Leder. Von der Rinne des Balkons über der Terrasse schaute eine Taube her, halb zu sehen, mal der schräg pickende Kopf, mal der aufgefächerte Schwanz. Kein Telefon riß die Ruhe entzwei. Als der Briefkasten klapperte, war es nur die Bevorzugte Einladung Für Die American Express Karte. Mittags die Treppenschritte hinauf, dann wieder hinunter. Alma, die so leicht zerflogen war, saß der Kopf auf dem Hals, sie war standfest von den Zehen bis über den Bauch, in dem die Gebärmutter schlief. Auch die Eltern hatten nichts Neues zu Paul gehört. Sie bleibe, es fehle ihr an nichts. Sie richtete sich im Sportzimmer ein. Als sie die Bettgarnitur aus dem Bügelkorb hob, lag darunter ein mit Spitzen gesäumtes Seidenhöschen in Mädchengröße.

So standen die Tage im stillen Haus. Alma war es gut; sie hatte eine gelassene Sorge zu sich. Sie ging durch die Allee, sie lehnte in den Türen der Zimmer und vermaß die Dinge, in deren Ansammlung und vernünftiger Reihung, obwohl sie wenig mehr verrieten, als daß hier ein Junggeselle wohnte, der Knitterfreies, Dauerbügelfalten liebte und Sport und Englisch unterrichtete, noch immer einzig der Onkel lebte. Sie fand sein Bild, er glich ihr wider ihren Willen.

Den Morgen schrien die Raben herauf. Alma öffnete alle Fenster bis zum Anschlag, zog den Liegestuhl in die Sonnenschnitte auf der Terrasse, warf das krause braune Haar über die Rückenlehne, krallte den Saum des Nachthemdes unter die Zehen, daß es sich trampolinstraff über die Knie spannte. Der Nescafé schwarz. Oliven. Für einen solchen Morgen voller sichtigem Taglicht über dem Fernsehturm, während sich die Nacht noch die Tauschnüre der Spinneweben aus den Augen rieb, hatte sie sich die erste Zigarette aufgespart, die sie hier rauchte und zur Taube auf der Balkonrinne hinauf blies. Die Taube nickte ihr mit einem roten Auge zu. Aus dem Nachthemd roch es wie nach Mehl, wie nach dem Tankwagen der Mühle vor der Feinbäckerei, vor der sie auf dem Weg zum Labor und zu den Hefepilzen, deren Verzehr von Schwermetallen sie in ihrer Diplomarbeit, gegen deren Nutzlosigkeit sie des Onkels Verschellen schützte, berechnet hatte, am liebsten stehengeblieben wäre, lange, für immer, jedesmal. Mit einem Haar kitzelte der Frühwind den Ausschnitt, in dessen weißer Spitze sich zwei Vögel zuschnäbelten. Das Nachthemd war das letzte Geschenk ihres Freundes, der, weil Alma auch in den Nächten nicht von den Hefepilzen lassen wollte, sich einer Biketour des Unisports nach Norwegen angeschlossen hatte, von der er sich nicht mehr meldete. Die Olivenkerne spuckte Alma in die hohle Faust, einen nach der Taube, die fluchtbereit ruckte und knurrte.

Alma erprobte des Onkels Geräte. Bald rann der Schweiß aus den Achseln über die Flanken. Kein Schmerz, nur Kraft, und Lust auf mehr. Pauls Trikot paßte ihr, seine schwarzgrün schimmernde Rennhose, in deren Ledereinsatz ein Seidenhöschen gewickelt war. Der Schlüssel im veloursüberzogenen Blechkästchen war bezeichnet wie der Paul zustehende Kellerverschlag, in dem an Borden Werkzeug, Zahnkränze der Größe nach sortiert waren. Sie hob eines der Rennräder von den Haken. Auf der Höhe erst richtete sich Alma auf, verlängerte den Atem und schaute sich um. Die Sonne markierte mit ihrem Leuchtstift in den gewundenen Schattentälern der Stadt Häuser und Türme, Schornsteine, das von den Bäumen des Parks halb geschlossene Auge des Sees, feuerte herauf von den Fensterfassaden und Autodächern. Alma löste die Riemen. Trödelte der Sonne hinter dem Fernsehturm zu. Kalte

Milch trank sie auf einem Brunnenstein, aus dem Eisenrohr platschte das Wasser hellauf ihr in den Nacken, schwemmte das Salz von Stirn und Backen. Alma faltete ihre Schenkel auf und sammelte die Sonne in ihrem Schoß, die zwischen den in den Brunnen gewehten Geranienblättern eine Wunderkerze zündete.

Und wieder aufgesattelt. Verzögerte Kraft aus der wippenden Hüfte von Fuß zu Fuß, stehend noch, dann in den Antritt gekauert, lauernd vom kleinen auf den großen Kranz und in den schnellsten Gang geschaltet, den Lenker bei den Hörnern gepackt, die Mittelfinger an den geriffelten Bremsbügeln, jetzt den Kopf gesenkt und den Po leichtgemacht, der Rahmen schlug zwischen den Schenkeln, sie flog den Berg hinab, schnitt nach raschem Blick die Kurven, der Wind schlug das Haar hinter sie, trieb die Tränen aus den Augenwinkeln, zurrte ihr Gesicht, auf wilder Jagd nach nichts als dem Glück der starken Bewegung, in schnellem Takt brachen Blätter unter den schmalen Reifen, und schneller noch, sie war eins mit dem Rad, nur Körper, nur Sinn, die Lungen traten über den Brustkorb, die Sonne brannte von Knie zu Knie, und weiter und schneller im Schwung des Gefälles mit größerer Kraft, pendelnd über dem Schattenstreifen des Reifens fegte ihr Kopf über Asphalt und Steine voraus als haargeflammte Schattensonde, jetzt: Atlas, gib mir die Welt. Fernvor ein Rad. Dem kam sie näher. Das lahmte, schlenkerte die Beine, Ellenbogen in Krämpfen. Ein zu leichter Sieg. Als Alma aufgeschlossen hatte und hinter dem ächzenden Rad herkatzte, erkannte sie in den glänzend straffen Hosen einen Männerpo, eingedellt statt ausgestellt, brettbreite Waden. Sie zog verhalten gleich, grüßte, der schaute scheel, erst auf ihre Rahmenmarke, dann auf ihre Brüste, gleich wieder weg, wieder her, sein Kugelgeschlecht wälzte auf und nieder, der beschleunigte verbissen. Alma mehr, bis sie die Schnelligkeit nicht mehr steigern konnte, da war er längst zurück. Die Reifen schwärzten sich im Tau des Abendtales; sie rollte aufrecht in die Vorstadt, die Hände im verschwitzten Haarfilz, satt war die Muskellust, sie rollte aus im Kies eines Biergartens, löste das Rad von sich und zupfte, knickend, spreizend, das feuchte Leder aus dem Schritt. War es stolz zufrieden. Da kam der andere und sagte im Vorrübertacken seiner aufgebogenen Dornenschuhe: Er sei heute schon die ganze Mosel entlang und um die Eifel herum und durch die Eifel durch. Und sie?

Alma badete und salbte sich und machte sich in knappem Rock und loser Bluse auf die Pirsch. Heute würde sie gewinnen. Ich bin, wie ich bin, und es ist gut genug. Die Nacht schwärmte laut und raunzte vor Paaren und vor Einzelnen, die saßen, flanierten und mit langen Augen hofften. Sie fand den Mann, sie nahm ihn mit, heute ließ sie sich berühren. Lust auf den Lippen, den Zähnen, der Zunge, den Fingern, zwischen den vogelleichten Hüften. Des Mannes Hand stützte Almas Schulterblatt, sie schob ihre Hand unter des Mannes Säume und faßte seinen Po. Sie rauchten auf der Terrasse in den halben Mond, den die Zweige der Kastanie putzten. Sie erkundeten sich; zwischen den Sätzen das Geraschel der Nacht aus den Hecken. Und als es frostklamm wurde, hinein zu Pauls Flaschen und Musik, sich nackt getanzt im Blätterlicht der Straßenlampen. Sie tupften sich, sie rieben sich, schön stand sein Glied, schön, sagte der Mann und fing ihre Brüste ein. Alma kuhlte sich an den Leib des Mannes, der hinter ihr auf dem Ledersofa lag. Seine Eichel stand wie ein Morgenpilz in ihrem Schamgras. Sie drückte das Glied an sich, rollte es über ihre Scheide. Das Telefon schrie. Laß es, schnaufte der Mann. Doch hätte es Paul und in Venezuela jetzt Nachmittag sein können. Der Mann langte zum Telefon und rief: Paul, wir sind nicht da, und war aus Almas Schoß gerutscht. Rot oder schwarz, fragte der Mann. Sie wählte das rote Kondom, zog den Mann an den Ohren über sich, dirigierte seinen Po mit ihren Händen, sie war ganz weg, ganz da und warf den Kopf auf den Mond. Es klingelte so lange an der Tür, bis es sich nicht mehr überhören ließ. Zwei Polizisten schauten mit Rübennasen in den Spion. Ruhestörung, die Nachbarn, sagte der eine Polizist, während der andere Alma rasch auf die Adernseite der Unterarme schaute und in die Wohnung roch. Wer sie sei und ob sie ein Recht habe, sich in dieser Wohnung aufzuhalten. Das klärte sich, gütlich mahnend gingen die Polizisten davon. Alma schloß die in der Eile falsch geknöpfte Bluse, rauchte auf der Terrasse, über die der Mann, der nichts als einen Schuh zurückgelassen hatte, geflohen war, ins Dunkle, bereute nichts. Der Morgen kam.

Alma hatte ihre Mutter ins Bein gebissen. Schwefelig und stichig grau wälzte sich der Himmel über den First der Steinhalde, an deren Fuß Alma winzig stand in einem Skianzug, in den Löcher geschnitten waren über ihren Brüsten, dem Po, der Scham. Noch vor dem ersten Blitz rutschte der Berg auf Alma herunter, die barfuß war. Das Getöse war außer ihr. Über ihr. Jemand warf mit Stühlen oder Sesseln oder Tischen, daß Alma das Bett in ihrem Rücken zittern spürte. Alma knüllte das Kissen um die Ohren. Das Getöse setzte aus, dann hob es von neuem und schlimmer an. Alma floh ins Bad. Über ihr schleuderte jemand in schneller Folge die Tür heftig zu. Pauls Rasierwasser hüpfte aus dem offenen Fach des Spiegelschrankes und klirrte ins Waschbecken. Alma blieb auf dem Clo sitzen und versuchte zu verstehen. Als sie abzog, rauschte auch das Wasser über ihr wie wütend, und wieder. Die Taube ruckte den Kopf über den Rand des Badezimmerfensters.

Ein silbriges, amerikanisch geschwungenes Wohnmobil hielt hinter der Hecke, über deren Rand Alma die Oberteile eines Motorrads und eines Mountain-Bikes sah, die an das Heck des Autos gebunden waren. Auf dem Dach ein Boot, ein Surfbrett und Skier. Das Wohnmobil hupte. Sie sah Kopf und Schultern eines Mannes in der Autotür, dann nur noch leuchtend weiße Haare. Der Mann flankte über das Gartentor. Paul? Alma leerte schnell den Aschenbecher und zog die nur angelehnte Terrassentür, hinter der sie den Tag reglos gesessen hatte, weit auf. Paul klingelte. Ei, ei, lachte der Mann, Paul und verheiratet oder so lala die Vorzugsschülerin, lachte der Mann und drehte die Hand hin und her. Der Mann setzte sich sofort aufs rote Ledersofa und streckte die Stiefel von sich. Er wette, daß Paul unversehrt wiederkehren werde, der habe sich doch gegen jeden Mückenstich versichert und zehn Jahre, bevor es Pflicht geworden sei, die ersten Sicherheitsgurte in seinen Ford 17 einbauen lassen. Nescafé, lachte der Mann, wie süß. Unmöglich, daß Paul, der Kopfabenteurer, dessen einziges Lebensziel es sei, nicht zu sterben, so banal gefällt werde durch ein Unglück im Urlaub, den, da sei er sicher, Paul, seit er ihn vom gemeinsamen Referendariat kenne, immer mit Langlauf und Schroth-Kur im Allgäu verbracht habe. Er hingegen, Lutz, lieber keinen Nescafé mehr, habe die geerbte Dübelfabrik saniert, verkauft, von vorne begonnen mit einer Kleinkunstkneipe, scharf am betrügerischen Bankrott vorbei, von vorne angefangen mit Alarmelektronik in Radebeul, die laufe, was riskieren und sich durchsetzen, nicht Macht zähle, nicht Besitz, allein der permanente Beweis der Fähigkeit zum Sieg, nicht ein Wolf ist der Mensch dem Menschen, lachte der Mann, sondern, übler, ein Mensch. Bis zum Untergang, das fürchte auch er. Die Frage aber sei, ob man Nescafé oder Champagner trinke bis und zum Untergang. Ach, Untergang: die Biologie, die Medizin, Sie kriegen das schon hin. Der Notdienst des Kapitalismus. Eine richtig schöne ethische Aufgabe haben Sie da. Und nun lade er sie zum Essen ein, was Edles, danach ins Casino, seien Sie doch keine Fröschin, lachte der Mann. Sein Hemd war offen, seine braune Brust weiß behaart. Alma hatte sich, während der Mann nicht zu reden und lächeln aufhörte, der Schmerz bis unter den Bauchnabel genagt. Nein, sagte der Mann und öffnete sein Hemd, ich trage keinen Affenzahn, auch keine Goldmünze oder die Blutgruppe auf der Brust, ich will Sie auch nicht verführen, ich bin fünfzig und weiß, daß ich alt bin mit unvergorener Restlust, ich habe Griechisch und Latein studiert und weiß, daß das vergeblich war; ich will nur nicht abschiffen, so einfach ist das. Der Mann hatte Paul grüßen lassen. Ein Feinkostwagen kam und brachte eine Pizza, Krabbensalat, einen Pikkolo und ein Tütchen Nescafé.

Im Couvert steckte ein Tausendmarkschein, auf den Carpe diem geschrieben war. Alma stellte die Pizza auf dem Terrassentisch ab, aß nichts, trank nichts, sie wartete, daß die Raben kämen mit dem Untergang der Sonne und ihre Einschlaferzählungen begännen.

Das Telefon. Eine Frau nannte schneller, als es Alma verstehen konnte, englische Worte, sie habe Paul, und nur ihn, ausgewählt, um ihm ein Angebot zu unterbreiten, ein, um es locker zu sagen, Schnäppchen, Termingeld, wir können von 12% ausgehen. Kaum hatte Alma aufgelegt, sprang genau über dem Telefon wie mit Holzschuhen jemand in der oberen Wohnung auf und ab und hörte nicht auf. Alma lag auf dem Sofa, alle Fenster und Türen verriegelt, und atmete so leise es ging. Dann verließ sie Pauls Wohnung. Zog die Tür nicht zu, schloß sie lautlos mit dem Schlüssel, zögerte eine Weile im Lichtschatten des Eingangs, rannte dann zum Gartentor und sah sich nicht um. Die Allee wohlig in grüner Nachmittagsruhe, aus den Cabrios roch es fein, drei Schüler ritten auf Country-Rädern ein Rodeo von Bordstein zu Bordstein. Auf dem Parkplatz einer abendleeren Behörde übten in einem aufgespoilten Auto eine Frau und ein Mann das Anfahren. Das Kind hatten sie ausgesetzt, es rannte heulend dem Auto nach, doch wenn es das Auto fast erreicht hatte, hopste das Auto wieder quietschend voran, und der Mann, der seinen tätowierten Oberarm aus dem Fenster des Beifahrersitzes hielt, schnauzte: Mit Gefühl, mit Gefühl. Dann würgte die Frau den Motor ab. Das Kind griff an die Tür des Autos auf der Seite, an der die Mutter saß, und brüllte mit Tränen: Mama, Mama, ich will mit. Da stieg der

Mann aus und ohrfeigte das Kind; der Wagen sprang voran; das Kind rannte hinterher. Als Alma der Regen ins Haus trieb, schlief die Taube in der Pizza, schrak auf, knurrte und klatschte zur Regenrinne hinauf. Eine Frau schrie vom Balkon: Diese Scheiße da unten, diese verdammte Scheiße. Die Taube flog auf, flatterte zum Gartentor und zurück zur Pizza, sah Alma, die im Schreck die Zigarette zu Boden geworfen hatte, in der Terrassentür stehen und drehte im Flug um, hinauf zur Dachrinne. Nichts geschah. Nur Stille im Haus und der Regen. Die Nacht schwärzte die Silhouette des in die Flügelfedern gemummelten Kopfes der Taube ein. Einmal das orangene Blinkern des Abschleppwagens, her und weg. Einmal das Plappern eines Raben im Traum. Einmal ein Betrunkener, der dem Regen fluchte. Da fiel von oben ein durch die Unterkante des Balkons beschnittenes Lichteck auf den Rasen des Gartens, in das der Schatten eines Menschen wuchs und verharrte. Langsam tastete sich Alma auf Ballen und Zehen rückwärts in das Innere des dunklen Zimmers.

Das Telefon. Alma, die sich sonst Zeit ließ, ins Helle zu kommen, und, während sie die Tagesaufgaben ordnete, die Arme und Beine streckte, und die nur das Telefon mit dem ersten Klingeln übergangslos in den Tag schleudern konnte, aus dem Schlaf an den Hörer und schon die Gegensätze bereit: Nein, ich bin schon auf, ich arbeite schon lange. Es waren nicht die Eltern. Die Frau von der Consulting freute sich mitteilen zu können, daß das Projekt in Spanien baureif sei, man könne von einer Rendite über 19% ausgehen. Paul, sagte Alma, sei noch immer nicht zurück. Es eile aber, sagte die Frau, es gehe um die letzten Anteile, ob sie nicht als Frau oder dann eben als Sekretärin. Ich bin die Nichte, sagte Alma, und habe kein Geld. Oh, antwortete die Frau, dann lösch ich die Adresse. Es regnete noch immer, die Wohnung erschien Alma so dunkel, und als sie mit dem Nescafé ins Wohnzimmer trat, sah sie, daß von den Wäschedrähten, die vor der Brüstung des Balkons gespannt waren, Plastikplanen, Wolldecken weit in die Terrasse hinab hingen. Alma saß auf dem Sofa, wieder müde, als sei das Kraftventil verzuscht und nur Schmerz zurückgeblieben. Sie konnte die Augen von dem Gehänge nicht lösen, sie verstand nicht, was hier vor sich ging, Paul solle kommen oder irgendwer und sie befreien. Da wurde an den Planen und Decken gerüttelt, die Regenlachen platschten auf die Terrasse. Das wiederholte sich stündlich. Mittags die Schritte hinauf und wieder hinab. Die Sonne setzte sich durch, die Schatten der Planen und Decken wehten über das Sofa, über Alma, die Wände. Nur wenn sie sich auf den Boden vor der Terrassentür legte, konnte Alma unter dem Gehänge hindurch den Wipfel der Kastanie, den Fernsehturm sehen. Sie holte sich aus Pauls Arbeitszimmer ein Buch, dessen Titel ihr nichts sagte, und als sie es auf ihrem Bett im Sportzimmer aufschlug, fiel ein handgeschriebener Zettel heraus: Was schlimm ist – Am Postschalter hinter einer Rentnerin stehen, die die Zinsen für vier Postsparbücher eintragen läßt, und jedesmal ist der Übertrag auf die neue Seite fällig. Schlimmer: Am Fahrkartenschalter hinter einer Rentnerin stehen, die sich nach allen Verbindungen nach Diepholz erkundigt, und dann schließt der Schalter. Sie hatte das Gehänge vergessen, und als sie auf den Flur und auf die pendelnde Schattenlinie trat, zuckte es ihr aus dem Kopf in die Schulter wie bei einer falschen Bewegung. Es pochte an die Terrassentür, an die der Mann, mit dem sie geschlafen hatte, seinen Mund preßte, der ein geriffelter Kreis war, in dem die umgebogene Zungenspitze pappte. Alma schüttelte den Kopf. Der Mann deutete auf seinen Fuß. Alma nahm den Schuh, zeigte ihn dem Mann und warf ihn aus dem Küchenfenster. Alles klar, alles klar, rief der Mann, ging und stieß den Mittelfinger hoch. Ohne Licht im Wohnzimmer zu machen, legte sich Alma die Kassette, auf der Casablanca stand, in das Videogerät. Es war ein Sex-Video, ein nackter Mann stampfte seine geölte Hand bis über die Wurzel in die gefettete Scheide einer auf den Schultern stehenden, die Beine abspreizenden Frau, während ein liegender Mann sein Glied in den sehr roten Mund der Frau schob und ihr die Wangen beutelte. Die Frau kullerte mit den Augen, dann schloß sie sie und stöhnte. Alma putzte sich die Zähne, gurgelte tief.

Von der Frau in der oberen Wohnung, sagte die Mutter, habe Paul nie gesprochen. Heiße sie nicht Zett? Hasenkind, sagte die Mutter, sie wird Hausputz gemacht haben, geh hinauf und sag, wer Du bist. Der Vater kam ans Telefon und beteuerte, wie wichtig es sei, daß jemand in der Wohnung sei, auch die Polizei meine, wenn, dann ergäben sich Hinweise dort, die sie erst, wenn ein konkretes Verdachtsmoment vorliege, amtlich verfolgen könne. Und nun gebe ich Dir wieder die Mama. Einen Anruf habe sie erhalten von einem Maschinenschlosser in Warendorf, der Paul von einem Telefongesprächskreis her kenne. Paul sei in letzter Zeit depressiv gewesen, wofür, wofür, habe er, habe der Maschinenschlosser gesagt, geklagt, er wolle nicht mehr, er wolle weg, nur weg. Paul habe ihm die Telefonnummer der Mutter genannt. Bin ich, fragte Alma, Pauls Kind? Schau doch, antwortete die Mutter, in den Spiegel. Alma schaute in den Spiegel: Mutters Augen, Vaters Kinn, die Tränensäcke von den einen, die Jochbeinpolster von den anderen Großeltern. Was blieb?

Alma kaufte einen Strauß bunt gemischter Blumen, nahm sich ihr Herz und stieg die Treppe zur oberen Wohnung hinauf. Schritte kamen, blieben hinter der Tür, dem Spion. Alma klopfte und sagte: Ich bin die Nichte und möchte mich vorstellen. Nichts bewegte sich, Alma legte den Strauß vor die Tür. Als sie die Terrassentür öffnete, sauste der Strauß vom Balkon und zerfledderte auf der Terrasse. Alma rief die Frau an. Die Frau legte sofort auf. Wieder rief Alma an, die Frau schrie sofort: Ihr Luderleben können Sie in einem Studenten- oder Asylantenheim führen, aber nicht hier, und jetzt wagen Sie nicht mehr, mich noch einmal zu belästigen. Alma träumte, sie gehe die Treppe hinauf, die Tür weiche automatisch zurück, ein Saal mit weißem Barockgestühl und rotem Samt, in der vordersten Reihe der Rücken der Frau, die sie sofort erkannte. Die Frau drehte sich, als Alma das Parkett betrat, um, legte den Finger auf die Lippen. Alma setzte sich neben die Frau. Die flüsterte: Da kommt er. Paul kam, verbeugte sich, warf die Rockschöße über den Schemel, spitzte die Finger aus den Manschetten und spielte auf einem unsichtbaren Flügel ein Trompetenkonzert. Die Frau legte ihren Kopf auf Almas Schulter. Alma, Alma, rügte Paul, aber doch kein Trompetenkonzert.

Doppelt war Alma und begriff nicht warum. Was sie sah, was sie hörte im Haus, waren Zeichen eines Zusammenhangs, der sie, weil er verborgen blieb, angriff und nichtig machte. Magnete packten ihren Kopf, längten den Hals hautdünn, bis sie, die fleischschwer in Unmacht auf dem roten Ledersofa klumpte, ihre Giraffenhörner durch die Zimmerdecke bohrte, die Scherenaugen, die doch nichts erkennen konnten, es wellten nur die Planenfahnen, und stündlich ruckelte und zupfte die Frau, von der sie sonst nichts sah, nichts hörte, die Zett, wer sonst, wie im Feldgeschrei an den Planen, deren Anblick, deren Schattengrenzen Alma ins Innere der Wohnung scheuchten; Augen und Ohren scheuerten sich weh an den Zimmerdecken, die der Boden der Frau waren, der auf Almas gebeugten Nacken drückte, sie nötigte, auf Händen und Knien zu kriechen und sich vor der sich immer weiter niedersenkenden Deckenpresse zu retten unter das Sofa, von wo sie unter den Planen hindurch den Himmel suchte, den Sturzflug der Raben mit den ausgefransten Flügeln. Alma Tag um Tag, mal die Hände auf dem Bauch, mal die schleimige Innenwand der Nase ausschabend mit dem scharfen Nagel des Zeigefingers, den sie sich, entschlossen, sich von der Zett nicht zu nichts erniedrigen zu lassen, abnagte, bis aufs Blut. Sie bekam nichts heraus: Die Frau verließ das Haus nie, war immer da, die Schritte kamen um halbzwei, ein gebügeltes braunes Hosenbein, ein heller Socken, ein brauner Lederschuh, der nach der Kehre hinauf seine grau getretene Unterseite zeigte, um halbdrei hinab der Schuh, das Hosenbein, die Sohle, mehr ließ der Spion nicht zu, hinter dem der angehaltene Atem Alma den Hals aufblies. Von Paul nur die

Buchzettel: Was schlimm ist – verreisen müssen; schlimmer: nach Hause kommen; am schlimmsten: nie mehr wegfahren und nie mehr nach Hause kommen können. Was geht hier vor, fragte Alma Alma. Was wütet gegen mich? Wegen des bißchen Mitternachtslust? Wer hat was der Frau angetan? Paul? Ist Paul über mir? Was scherts Dich, antwortete Alma Alma, hab Sorge zu Dir, Du wirst ein in ranzigem Frittenfett gebackener Knödel, wasch Dich. Alma spülte die Nescafétasse aus und ging.

Voraus nur noch wenige warme Tage. Alma sattelte das Rad. Zwei Monate bald war sie in der Wohnung von Paul, den ein Kollege sicher auf dem Frankfurter Flughafen erkannt haben wollte, in Begleitung einer schwarzen Frau, schon das unwahrscheinlich nach den Mutmaßungen des Maschinenschlossers aus Warendorf, der überzeugt sei, berichtete die Mutter, daß Paul, entsprechend seinen Andeutungen und schließlichen Bekenntnissen im Telefongesprächskreis, sein homosexuelles Coming-out auf seiner kanarischen Sehnsuchts-Insel auslebe, habe der Mann beteuert, teilte zweifelnd die Mutter mit. Die Erregungen legten sich, von Paul nichts Gewisses, die Anrufe der Eltern klangen ab; im letzten boten sie Alma die Heimkehr an. Aber Alma redete sich auf die Hoffnung auf Paul heraus. Sie wollte lieber nutzlose Nichte sein, aber für sich und im Gefühl, das, was auf sie zukomme, selbst lösen zu können, statt die verlorene Tochter.

Herbst nun, durch Nebel, den grauen Ruß der Stadt der Weg auf die Höhe. Dort, im langsam Abschied nehmenden Oktoberlicht, wärmte sich Alma auf Sparkassen-

Bänken unter Bäumen, die am Nachmittag, wenn die Sonne den Nebel verkocht hatte, aufglühten im Rot und Grün der Blätter, aber zu alt waren oder zu verkrüppelt, um Früchte werfen zu können. War noch ein Apfel gereift, ließ ihn der Baum nicht los, die Vögel pickten ihn hohl. Bevor sie wieder in den Nebel eintauchte, fiel Almas Schatten weit über eine Wiese ins Tal, hoch wie das Gerüst einer Pyramide auf Rädern, den Kopf konnte sie drehen und wenden, er war als Ende des Schattens irgendwo im Bachknick vom fallenden zum ansteigenden Hang nicht unterscheidbar; dann kalter Matsch von zermahlenen Bucheckern, Zigarettenschachteln, Automüll, der Abendnebel näßte die Wimpern, die Finger weiß, dann die Planen der Zett, vor denen sie rauchte. Nichts, und immer nur die gleiche Post: Angebote und ebensoviele Spendenaufrufe und Informationen, wie man in einer eiskalten Realität durch risikobewußtes, systematisches Handeln reich werden könne. Und für Alma eine nachgesandte Fjord-Ansicht: Super hier, Deutschland kann mich, bei Dir alles klar? Alma beließ das Radsalz auf der Haut, nachts schliefen die Planen der Frau, am Morgen wusch sie sich frisch, wieder auf das Rad, nur weg von der Zett, von Paul, bei sich sein für die Leichtlauf-Stunden, bei ihrem angestrengten Po, ihren kräftiger austretenden Muskeln, ihrem länger werdenden Atem. Ihre Kraft nahm zu, ihre Strecken nicht, denn hintenauf saß feist die Zett schwer wie ein Eisenberg, so daß das Rad sich vorne hob und Alma sich lüften und weit vorbeugen, das Rad im Stehen wiegen mußte; und kam doch nicht voran. Nur im Abflug war sie rabenleicht.

Einmal eine rote Karte, auf der nur schwarz gedruckt stand: Es ist soweit, bist Du bereit? Und eine ferne Telefonnummer. Abends, im Taumel der ersten Zigarette und des Schlucks von Pauls französischem Wein, der, beschriftet nach Herkunft, Jahr und Preis, im Keller in Boxen konisch aufgeschichtet lag, rief Alma die Nummer an, es war ein Band: Weiße Räume – weiße Träume. Frau Doktor Beate von Braun, die resolute Militärärztin und ihre knackärschige Lernschwester Comtesse Claudia mit prallgefülltem Milchbusen bieten im Klinikum Düsseldorf alles, aber auch alles (aktiv wie passiv) – der Phantasie sind keine Grenzen gesetzt (Goethe), und jetzt komm Du geiles Ferkel! Am Morgen flatterten andere Decken, alte braune Hosen, ein Zottelteppich, Plastiktüten. Alma wich vor dem Knittern der Tüten in Pauls Arbeitszimmer zurück, wo sie, beobachtet vom roten Auge der Taube, die in Angst oder Abwehr auf dem Fensterbrett auf und ab ruckte, sich die Hände an der Nescafétasse wärmte. Was schlimm ist: nichts haben; schlimmer: nicht wissen, wozu etwas haben; am schlimmsten: alles haben, nichts wissen, alles wissen, nichts haben oder von jedem etwas.

Ein letztes Mal auf der Höhe. Zu spät bemerkt, zusch und nochmal zusch, über die Reste einer Flasche gefahren, Alma sackte, rappelte auf beiden Felgen. Alma im Grasrand: Jetzt ein Krabbelkäfer sein und keine Seele haben. Pauls Satteltasche war, unbeschriftet, gut bestückt, Ersatzschlauch und Flicken, in einem ölverschmierten Seidenhöschen ein Anzeigenausriß: Ich trage gerne freche Shorts. Und wenn meine Bluse eng sitzt, kommt meine Oberweite rassig zum Vorschein.

Aber niemand weiß, daß ich einsam bin und mich nach Zärtlichkeit sehne. Darf ich auf Echo hoffen? Im ränderlosen Schleierweiß der Wolken wäßrigblaue Flecken wie blinde Fenster zu einem Himmel ohne Tiefe. Ein Eichhörnchen lugte hinter dem Stamm zur flickenden Alma, mal von links, mal von rechts, zeigte nur den braunen Pinselkopf und zwei krallige Pfoten, schraubte sich dabei hinauf, rannte bucklig mit hohem Schweif über einen Ast, sprang zum Nebenbaum, verfehlte, riß ein Herbstblatt mit, und als es auf den Asphalt stürzte, knackte es im pelzweichen Tier, das sofort aufstand, kippte, wieder aufstand, kippte, schräg verzuckt in Sätzen, zwischen denen es auf die Seite fiel und spastisch strampelte, von Alma forthopste wie ein auf die Seite gefallener Frosch, nur fort, unter eine Hecke, kein Laut mehr, keine Bewegung.

Am letzten lauen Abend hielten vor einer halogenhellen Galerie hübsch gekleidete Leute unter halbnackten Akazien spitze Gläser in die Nacht und lachten. Auf den Bildern erdolchten sich schwarzweiße Strichmenschen. Duftwasser und Kunst. Eine unberuhigte Straße weiter stand noch immer aus einem Betonhaus die Schlange der Wohnungssuchenden, manche strickten auf Klappstühlen, andere lasen im Schein der Taschenlampe. In grünen Schlafsäcken die Berber mit den schuppigen Boxernasen im Bauernwein in den Büschen bei ihren verzottelten Hunden. Durch die Goldschmiedzeile fuhr, das war verboten, einer im schwarzrotgoldenen Thermodress auf seinem 21-Gang-Gipfelstürmer, ein guter Herr, graue Weste, grau gestutzter Bart, aber trunken selbstgesprächig, stieß dem Rad seinen Schirm in die Speichen, der Gipfelstürmer bockte hoch, fiel übel, der gute Herr rief zufrieden: Pollacken, Ostzone, Gummificker! Alles macht, was es will. Alles ging unerhört weiter.

Am Morgen die Klingel, der Vermieter im Jogginganzug. Es sei sein Recht sich umzuschauen, wenn Alma erlaube sofort, sonst nach Anmeldung. Ein ungemachtes Bett störe ihn nicht. Kollegen Pauls und die Bekannten von deren Freunden, die Pauls Wohnung haben wollten, hätten ihm, empörte sich der Vermieter, bis zu zwanzigtausend schwarz geboten, Frauen, es sei wirklich wahr, anderes, was für eine Welt, Geld, Geld, als er neulich in der Nacht mit zweihundert auf der Autobahn gegen einen Reifen, der habe, man denke mal, einfach da so gelegen, zum Glück mit seinem schweren Benz, wäre er mit dem Porsche, nicht auszudenken, aus wärs und er ein Engel jetzt wie – falls – Paul, kurzum es bleibe alles beim alten, bis Pauls Angelegenheit aufgeklärt, es sei ja alles im Schuß, sie sehe Paul ähnlich. Der freundliche Vermieter schaute Alma nur in die Augen. Gegenstandslos befand er, sei die Klage der Zett, die wegen unerträglichen, gesundheitsbeeinträchtigenden Stinkens und Miefens aus Pauls Wohnung, das bei ihr zu schweren Atembeschwerden geführt habe, Wohnwertminderung feststelle und erhebliche Mietzinsreduktion verlange. Ich rieche nichts, sagte der Vermieter und bat aus dem wartenden Benz seinen Anwalt herein, der dies bestätigte und festhielt. Als sie gegangen waren, schloß Alma das Fenster und wollte rauchen, aber sie war zu schwach, das Rädchen des Feuerzeuges herabzuschlagen, und sah mit der kalten Zigarette in der Hand hinauf zu den Planen, Lumpen, Tüten.

Eine in Glas gefaßte Fotografie, das einzige Bild in Pauls Wohnzimmer, war beinahe herabgefallen. Ein Nagel war ausgerissen. Das Foto hing mit der Ecke nach unten, in der ein von mannshoch wucherndem, blühendem Beinwell gerahmter, tief zwischen abbrechende helle Sandufer, über die Grasplacken lappten, gekerbter Bach sich aufstaute vor einem Wehr aus krummen alten Balken und rostigen Rädern und Ketten. Im schwarzen Wasserkreis, der in die Entengrütze geschnitten war, schwammen die grünspangefleckten Buckel von Äpfeln. Im rechten Hintergrund war über verwilderten Johannis- und Stachelbeerbüschen ein doppelstöckiges Mühlhaus aus wetterdunklen Backsteinen zu sehen, zweifensterschmal nur, der Sandstein der Laibungen um die einst blau gestrichenen Fenster bogenförmig ausgewetzt. Im bemoosten, mit seinen Grasbüscheln wie ungekämmten Dach schwarze Lücken zwischen den weiß gesprenkelten Ziegeln. Das leicht verzogene, zum Bach hin abgesenkte Fachwerk lag über der durch gekreuzte Baubretter ersetzten Tür frei, ohne daß auf der Fotografie das Innere des schlanken Häuschens erkennbar geworden wäre. Ein halb aus seiner Schichtung gerutschter Haufen heller Backsteine, Schaufeln, Sand, eine Zementmischbirne mit geneigtem offenem Maul und dem Schwungrad als Heiligenschein. Im Foto stand die Zeit im Kippmoment von Verfall und Aufbau und wieder Verfall. Alma hob das Bild gerade, um die richtige Stelle für den neuen Nagel zu markieren, den sie, ohne lange kramen zu müssen, im Keller, in einer der nach Größen angeordneten Schachteln in der aufklappbaren Blechkiste gefunden hatte, die mit Kleinwerkzeug und Eisenwaren beschriftet war. So mit den Augen mikroskopisch nah vor der grobporig vergrößerten Fotografie, erkannte Alma am unteren Rand Pauls kaum von einem Beinwellblättchen unterscheidbaren Inschrift mit Bleistift: Westfälischer Traum mit S. 1961. Alma stellte das Foto ab, und aus der Distanz vom roten Ledersofa erschien am linken Rand des Fotos, fast überdeckt von einem Baum, der das Gegenlicht der einen Rand seines Stammes feurig wegfressenden Sonne abblendete, der Umriß eines Hinterkopfes aus Strubelhaar, das Alma an ihre Mutter, die Sabine hieß, erinnerte.

Noch vor dem zweiten Hammerschlag wurde oben mit Härterem heftig an die Wand gebummert, was, als Alma nach Zögern, ob dies Zufall oder Anwort sei, ein drittes Mal auf den Nagel schlug, überging in ein Trampeln genau da, wo Alma stand, und dann, Alma, wie fotografiert, reglos mit einer Hand den Nagel, mit der anderen den Hammer ausgeholt haltend, in ein Türewerfen, das sich in Gemeinheit und Schnelligkeit steigerte, als renne die Zett, wer sonst, wie eine angebrannte Tanzmaus türeschleudernd in der Trommel ihres Flures, um dann zurückzustampfen zum Ort des Nagelschlags, an dem Alma den Hammer hatte sinken lassen und die Augen zur Decke drehte und wartete, was geschehe. Nichts. Dann aber ein Aufspringen wie aus großer Höhe, daß Pauls in Bleistege gefaßte Buntglaslampe zu schwingen begann. Und wieder Stille. Später die Schritte hinauf, herab. Das Foto lehnte noch an der Wand. Alma rückenlos im Sofa. Dann, als sie am Nachmittag die erste Zigarette nach zwei Zügen löschte und mit gegen das Schloß gepreßtem Handballen in langsamer, jedes Geräusch unterdrückender Bewegung die Terrassentür aufzog, sofort ein Türschlag über ihr und Schreie: Diese Scheiße, dieses verfluchte Arschloch da unten.

Fortan war Alma im Block des Tageslaufes der Zett. Der Mann ging um acht, was Alma, da des Mannes Schritte morgens noch katzenleiser waren, erst auskundschaftete, als sie im Nachthemd hinter dem Spion eine ihr verachtenswert schmierig erscheinende Wache hielt. Um halbneun erhob sich die Zett mit dem Paukengedonner des Rolladens und duckte mit ihren Elefantenfüßen Almas Kopf in die vorfallenden Schultern. Schon vorher, noch sich vergeblich zum Genuß der trügerisch schläfrigen Vorzettzeit ermunternd, war Alma in Erwartung ihres Gerichtes mit beiden Ohren an die Decke genagelt und blieb es den Rest des Tages, für den die Zett Almas Kopf an der kurzen Leine ihrer Schläge und Pantinenkeulen unter der Decke durch die Wohnung zwang. Nie war Alma ohne die Zett. In welchen Raum Alma auch auswich, gleich war die Zett über ihr, trampelte oder knallte, kegelte mit Stühlen, als wisse sie, wo Alma saß, lag, stand. Und wenn sich das Fersenhacken zum Wirbel beschleunigte, stand die Mittagsstunde des Mannes bevor, in der es still wurde, ein fauler Frieden, von Alma wegen der Furcht vor der ablaufenden Zeit unnutzbar, denn das versäumte Gedröhn wurde wettgemacht und doppelt vergolten, sobald der Mann die Treppe wieder hinab gestiegen war. Um fünf polterte die Frau aus dem Haus, jeden Montag bis Freitag, und kehrte, von Einkaufstüten umhängt, jeden Montag bis Freitag, um sieben mit dem Mann ins Haus zurück, das sie schon vom Vorgarten her beschrie, dann bestampfte, kurz aber gewaltig, wie um noch einmal siegreich auf die längst am Boden liegende Alma einzutreten, dann zog ins Haus die bedrohlich hörbare Ruhe, wie morgens, mittags, wie am Sonntag, wenn der Mann, verläßlich wie sonst in seinem exakten Kommen und Gehen, nie das Haus verließ und einen ganzen gefährlich gespannten Tag lang die Zett mit stetem tiefem Gebrumme zu beschwichtigen und zu dämpfen schien.

Ging die Zett, schrie sie auf der Treppenkehre: Scheiße! Zwischen Haus und Gartentür drehte sie sich im Laufen um, jedesmal, und schaute zur Terrassentür, an der Alma rasch zurücktrat und sich duckte. Die Zett war eine barbiepuppenschlanke Frau, in enger Hosenmode mit langem glattem Schülerinnenhaar, wenig älter nur als Alma. Der Stechschritt der Zett hackte durch die Allee, und Alma, die nur noch in Zetts Abwesenheit, dann aber sofort, die Terrassentür öffnete und endlich eine Zigarette ins Freie rauchen wollte, verfolgte die Schritte der Zett, die sich nur langsam entfernten und wie das Nachtgekreisch eines Motorrads weit über Straßen hin hörbar blieben. Aber sie rauchte nicht, zu sehr verachtete sie ihre Lebenszagheit, ihre täglich sich neu bekräftigende erbärmliche Schlaffheit, die sie nicht einmal auf das wenige Rauchen verzichten lassen konnte. Was haßte die Frau so an Alma?

Und wieder Post. Wie man ohne Arbeit sicher und schnell zu Geld und einem sorglosen Leben kommen könne für nur DM 100, die, da sie bei ausbleibendem Erfolg binnen eines Jahres zurückerstattet würden, nur als hinterlegt gelten könnten. Und eine Ansichtskarte, auf der ein wie abgerissenes Schweinsohr an einen graugesplissenen Telefonmast mit bauchigen Porzellanisolatoren genagelt war, dazu: Paul? und eine Nummer ohne Vorwahl. Alma hütete sich. Die Karte kam täglich. Als von oben statt des durchgetretenen Teppichs eine farbengesprenkelte Abdeckplane über die Terrasse gesenkt wurde, saß Alma auf dem Sofa und fing den Rauch ihrer kalten Zigarette in die Faust und beugte sich tief, um etwas vom Herbst der Kastanie zu sehen, deren sich entlaubende Äste den schwarzen Knoten des Rabennestes bloßzulegen begannen. Alma riß aus vor den Trampelwettern der Zett, die über ihr blieben wie der Himmel. Sie verlief sich aus dem reichen Grün der Hügel und Alleen in lautere Quartiere von Pauls Stadt, ein Gyros-Imbiß und noch ein Gyros-Imbiß und ein Gyros-Imbiß hieß Beim Ostfriesen und warb mit griechischen Spezialitäten, und alle hatten fettwarm beschlagene Fenster und waren leer. Straßen ohne Sonnenseiten, aus der verhängten Front eines Hauses polterte ein Blechrüssel und spuckte in einen aufstaubenden Container; Frisöre mit wörterdrehenden Namen, ein herrschaftliches Vorkriegsportal, das zu nichts als zu einem verschissenen Graseck führte, auf dem ein halber Holunderstrauch übrig war, der Abrißzwickel noch weiß und hell, die andere Hälfte des Strauches fetzte sich ein schwarzweißer Hirtenhund um die Ohren, auf Viertelsgardinen, maschinell gestrickt, Bauernhaus und Pferd und Wagen, Wanderschuhe, im Innern flirrte ein Computer, ein Deckenpropeller und eine pazifisch grüne Zimmerpalme in weißer Erde. Ein Lachen in der Luft zog Alma zu einem Platz, in dessen letztes Herbstlicht Kellner rasch von ihren Ketten befreite Plastiksessel schoben, der Platz war voll von jungen Menschen, die standen, saßen auf dem Pflaster im Schneidersitz und drehten Zigaretten, tranken und redeten, als wäre die Welt ein schöner Pausenhof zwischen abgeschminkten Stunden im Elend der Einsiedeleien, die niemanden was angehen, niemanden. Ein früheres Trümmerfeld war ein Spielplatz geworden zwischen wie ertappt unverputzten Brandmauern, himmelhoch aus dem Zeilenhalt der Häuser gebombt, bäuchlings quietschte ein Chinesenmädchen die Blechrutsche hinab, ein dicker Junge rief: Quetsch Dir nicht die Muschi. Das Chinesenmädchen mit Zöpfchen und Brille fragte: Was ist Muschi, und der Junge griff sich mit beiden Händen fest in den Schritt seiner aufgebügelten und abgeschnittenen Vatershose. Auf den dunkel gebeizten Balken der Abenteuerpalisaden schäkerten im Dialekt von Pauls Stadt, den Alma kaum verstand, haarwilde Türkinnen mit jungen Türken, die ihre Kippen nach dem letzten scharfen Zug aus dem Schlitzmund hinabschossen in den Sand, in dem zusammengetretene Getränkedosen verblichen. In die Lehne der Bank, auf der Alma saß, war ein Hakenkreuz gehackt. Auf den fensterlosen Brandmauern: Faschos raus, das Frauenzeichen, Vorsicht vor der Vernascherin Tina, abends hops und morgens ex! Der schmale Vater des Chinesenmädchens las eine Zeitung, von der es brannte: So nehmen uns die Ossis aus. Unter dem Gebüsch kroch ein Mann wie eine in den Dreck gefallene Kleidersammlung hervor, stolperte, Hupplä rufend bei jedem Tritt auf den eigenen Fuß, zum eingezäunten Hundeeck vor der Barriere zum Spielplatz und lehnte sich an das Schild, auf dem ein pummeliger Dackel seine Hinterpfote hob. Der Chinesenvater kam zu Alma, nickte knapp mit dem Kopf und fragte: Sie, bitte, was ist

Wickelgamasche? Ich weiß nicht, sagte Alma, vielleicht eine Art Schuh, von früher. Ich verstehe, nickte der Chinese: Kein gutes up-to-date-Deutsch! Der Träger der Tasche drückte Alma eine Brust heraus, und alle Geschwänzten, die ihr begegneten, messerten mit Blicken ein Stück von ihrer Brust. Alma rückte den Träger zurecht und sah, während sie lief, an sich herab und war sich so ungewiß und ratlos gegen die Blicke von hinten. Und schon wieder ein Kunstereignis, der große Mäzen der Stadt hatte eine ganze DDR-Plattenhauswohnung eingekauft, die wie quer aufgeschnitten ausgestellt war samt Trabi und Plaste und Elaste und gedrechselter Erzgebirgskunst, zur Feier der Eröffnung war die Ostfamilie gekommen und saß hinter schwer hängenden Sisalseilen-Sperren in Gore-Tex-Ersatzstoff-Jacken und trank Spree-Quell-Club-Cola und putzte sich nach dem Schwarzen Kanal die Zähne mit Silca F.

Alma geriet in holländisch altrote Straßen, wo schwere dunkle Eichentüren, über denen helle barockgeschwungene Sandsteinbögen eingelassen waren, besetzt waren mit Sonne und Sternen und Löwenknauf, und schmiedeeiserne Jahreszahlen verklammerten die ganze Breite der Klinkerfassaden. Rechtsanwälte und Charitas. Eine Marienkapelle, und in der Düsternis des Inneren ein Gnadenbild, vor dem aufgespießte Kerzen tanzten. Eine verkrümmte Blumenkittelfrau goß über die Schwelle einen Eimer aus, das Wischwasser schob seinen Schaum in eckigem Weg durch die Fugen der Kopfsteine. Ein Pfarrfest unter Linden voller Frittenduft. Durch ihre gestärkten blauen Blusen und ihre Tuchröcke fest gewordene Pfadfinderinnen bedachten mit einem Kaplan aus Bombay das ungeborene Leben; Pfadfinder hämmerten mit hohem Schwung auf einem hüpfenden Amboß von einem Elektrogebläse zum Glühen gebrachte Nägel für die verfallene Patenkirche in Uganda gerade; im Gänsemarsch traten von links die gescheitelten Erstkommunierten auf das Bretterholzpodest vor das Mikrofon, erinnerten sich des Weißen Sonntags und traten nach rechts ab: Es war schön, es war so schön das Fest, schön war der Ausflug, ich heiße Corinna und fand schön, wie Jesus im heiligen Brot zu uns gekommen ist, mein Kleid war schön, schön war, daß mein Pappi mich abholte, das Wetter war nicht schön, ich heiße Mario und habe schöne Geschenke bekommen, am schönsten war, daß wir am Grab der seligen Schwester Lambertia singen durften. Dann sorgte die Hitmusik aus den Boxen eines japanischen Jeeps für Unterhaltung der Stände und Bänke unter den Linden. Doch nur ein angeschmutzter Mensch steppte auf Cowboystiefeln, die in den Falten gebrochen waren, schnippte, schwang sich stampfend vor und zurück, äffte Gitarrenspiel und Gesang nach, stürzte sich auf die Knie und bog den Oberleib, unablässig einen harten Rhythmus in die imaginären Saiten schrappend, bis der Hinterkopf den Boden berührte, dann schnellte er auf, verbeugte sich, klatschte, zog eine Rangermütze aus der Jackentasche, wendete sie um und bettelte: Vergelts Gott, ich bin praktizierender Katholik. Ich aber nicht, antwortete ein Sachse, er komme nur, weil hier der halve Hahn die Hälfte koste, der Sachse sei fröhlich, immer locker vom Hocker, sehe nichts so eng, zählen müsse man, was man hat, und nicht, was nicht, finfe grade sein lassen, und sein Freund hier, der ein Pflaster über dem Kehlkopf trug, bestätigte es mit einem tiefen Rülpser aus rostigem Rohr, siehste so, sagte der Sachse, kanns kommen, deshalb müsse man alle Feste feiern, die einem einfallen, und sein Freund nötigte Alma Vera's Glücks-Ratgeber auf, und der Sachse übersetzte das Blechgeschnarre: Für nur DM 14,95 pro Monat erhalte Alma die Unterlagen von 53 Preisausschreiben, nu denken Sie mal hin, was immens es Alma kosten würde, würde sie selbst alle Zeitungen und Zeitschriften besorgen und auswerten müssen, und nu denken Sie hin: eine weiße Motorjacht im strahlend blauen Mittelmeer winkt Ihnen, ein Landhaus im strahlenden Grünen, eine Luxusreise für zwei in die exotische erotische Karibik, da nehmen Sie mich aber mit, rief der Sachse Alma nach, oder meinen Freund. Alma lief im Kreis, durchbrach nicht den Bann der Suzuki-Musik des Pfarrfestes, die plötzlich im Straßenknick um sie war mit einer Bö des Meer- und Frittenwindes. Die Fenster wurden hell und heller, die Busse durchscheinend leer, es wurde Nacht, und an den Rädern fietschten die Dynamos. Alma wechselte Zigarettenmünzen in einem Speisehaus, vier runde Tische waren gedeckt mit altfleckigen Papiertüchern, es gab nur Schweinshaxe mit Kappes, die aus war, der gewaltige Körper eines Eiskopfes machte den Stuhl unter sich zum Kinderhocker, über den er, würde die Hose nicht halten, herabbräche wie eine Fleischesflut, der Eiskopf hielt Alma und wollte flüstern, aber rief, und jedes Wort ein Fehlstarttraining: Ich bin der Mann, der sich nur hinsetzen kann. Trink noch eins, juchzte die junge Frau neben ihm. Po Po Polin, sagte das Faß, aber les les lieb, meine Frau säuft, das Faß tauschte, während die Polin die frischen Pils holte, sein leeres gegen ihr volles Glas, das er mit einem Zug austrank, die Polin stellte ihm beide frischen Pils hin, hakte den Arm des rötlichen Mannes am Nebentisch unter, sie schunkelten und sangen: Ich möcht zu Fuß nach Kölle jonn, der Mann vom Nebentisch überstieg die Melodie mit einer gesangsvereinsgeschulten zweiten Stimme und in jeder Pause furzte er laut mit den Lippen. Das Faß brummte und schaute in die Kreuz; und noch einmal das Lied der Liebe; doch hatte der rötliche Nebenmann falsch gewählt, aus der Musicbox hallte Gregorianisches im Schwebeton von einem Synthesizer. Zwei Feierabendmaler kamen, grüßten und trugen einen der in der Ecke gestapelten Bierkästen hinaus, he, schrie die Wirtin, ich kenne Euch doch nicht, aber sie war zu dick und zu alt, um den aufgeständerten Sessel hinter der Theke verlassen zu können, warte nur balde, rief die Polin der Wirtin zu, findest auch Du Dein Glück, und hör auf mich: Nimm nur einen Jüngeren und nur für eine Nacht, so lang die Seraphinen singen. Da stürmte Lärm heran, Rennen, Fensterknallen, dann warf der Wind das Meer über Pauls Stadt, daß sie sich zischend niederduckte. Eh noch das Faß: Wa wa was ist denn das – zuende hatte, flutete der Regen durch die Tür, die Polin drückte die Tür mit den Schultern zu, schon Wasser im Schoß, schon das Haar wie Meeresbraut, doch das Wasser lief unter der Tür herein, züngelte schon bis zum Hochsitz der Wirtin mit der steifen Hüfte, die Polin watete ohne Schuh und Strümpfe durch das in all dem Prasseln, Pfeifen, Ziegelfliegen still steigende Wasser und zog einen Kasten Bier heran, damit das Faß seine Füße darauf berge, während der Rote lachte, aufsang und furzte. Alma pfiff vergnüglich durch den Regen und die klamme Nacht, die Kleider waren ihre Haut, nackt und naß wählte sie die auf der Schweinsohr-Karte täglich mitgeteilte Nummer, die war besetzt, blieb besetzt, den anderen Tag, den dritten, den Alma wie alle begann: dösig wartend im traumwarm gefederten Bettsarg, bis es so weit wäre, bis es so weit war, daß die Zett sie mit der Rolladenouvertüre in den Tag paukte und ihre Trampelkreise um Almas Kopf einzustampfen begann.

Inmitten der Nacht, Alma – umfangen noch vom Traum, in dem sie auf einer meerverwehten Steinterrasse unter Palmen, deren Büschelwipfel sich grün biegen hin und her über den rauschenden Bastrand des weißen Strandbarschirmes, mit der Zett lachend Eisschokolade trinkt aus einem Klirreglas durch einen abgeknickten lila Strohhalm, und der Saum des langen leichten Blumenrockes fächelt die so nahen Beine der Zett und auch ihre, und wie wiedergefundene Schwestern erzählen sie sich kichernd atmend und einander immer lieber werdend mit fliegendem Haar ihr Leben, und Herzrauch steigt aus den aufgebreiteten Lippen – zum Telefon, das nicht aufgab und das, als das Schwesternlachen mit der Zett sich um- und wegwendete zu Erinnerung, dann Trug, dann schmerzendem Hohn, ein Arzt war der Notaufnahme des Klinikums, der einen eingelieferten und kaum noch erkennbaren Motorradfahrer identifizieren müsse, hören Sie: überall frakturiert, also: Knochenbrüche überall, nunja: vermutlich Schädelbasisbruch im kaum mehr aufschneidbaren Helm, ich muß es, hören Sie mich, ehrlich sagen, und, bitte, fassen Sie sich: Er war nicht mehr zu retten, er ist tot, – wir müssen ihn identifizieren und haben bei ihm nichts als diese,

Ihre Telefonnummer gefunden. Paul, erschrak Alma, ein Onkel, sagte sie schnell, ein Lehrer, verschollen, sie sei nicht von hier und sehe nur nach dem Rechten. Und sonst, fragte der Arzt, entschuldigte sich und unterbrach, damit er die Tür zum Röntgenraum schließen und den Sprechfunk leiser stellen könne, hier sei er wieder, und sonst, männliche Bekannte, Freunde, fragte der Arzt. Alma, auf nackten Sohlen auf dem kalten Boden vor dem Telefon in der Hocke des Nachthemdes, das die Knie spitz spannten, flirrte: Es war ja alles möglich, das Schreckliche zumal. Und sonst? Vielleicht ein Studienkollege Pauls, Unternehmer, 50, sportliche Figur, sprudelte sie in überraschter Nachtangst, graue Haare. Nein, sagte der Arzt, und sonst? Vielleicht der Mann der Zett, den sie aber doch gar nicht kenne. Also der gewiß nicht, sagte der Arzt und fragte weiter: Und sonst. Sohn, Ehemann, Freund? Kein Sohn, antwortete Alma, traumverjagt und schleusenlos vertraulich, kein Ehemann, der Freund, eigentlich gewesen mehr, denke sie, sei sicher in Norwegen, sagte Alma, einen anderen Mann gebe es vielleicht schon, eine flüchtige Angelegenheit, obwohl sie sonst nicht so sei, dunkel und etwa 30, ach nein, es sei ja nichts gewesen. Das gehe ihn nichts an, sagte freundlich bestimmt der Arzt, er sei ja nur Arzt und entschuldige sich für die Störung, es schrille schon die nächste Notaufnahme, koitaler Infarkt, wenn sie wisse, was er meine, ja das Leben oder auch, lachte der Arzt, der Tod. Alma schlaflos überwach, der aufgedrehte Puls machte von den Füßen, über die Leistenbeugen den Kopf nicken. War der Vater hergekommen, der nie Motorrad gefahren war, und warum? Oder doch Paul? Warum hatte der Arzt bei Paul nicht nachgefragt? War

Paul der Arzt? Am Morgen, als die Raben die Dämmerung längst weggeschrien und das Nest beschnurrt hatten, rief sie das Klinikum an. Es war kein verunglückter Motorradfahrer eingeliefert worden. Keiner, mit Sicherheit, es war überhaupt niemand eingeliefert worden, eine ruhige Nacht, kein Eintrag. Undenkbar, daß ein Arzt nachts Leute aus dem Schlaf klingle, um ein Opfer zu identifizieren, vermutlich ein Erschrecker, davon gebe es jetzt mehr als Sexuelle.

Auf ziemlich zu kurzen Beinen kam ein etwas dicklicher Mann und wollte den Gasherd, überprüfen. Alma sagte, es gebe keinen Gasherd, und schob die Tür zu. Der Mann rief, er sei Beamter der Stadt, und hielt einen Ausweis vor den Spion. Durch den gemeinen Trichter des Spions sprangen aus dem melancholisch verquollenen Jungengesicht des Beamten unter einer seitlich grauen Haarkappe die in den Faltenbetten klein und glasig werdenden Augen hervor und die sehr gerötete, von den Adernflechten der großporigen Backen geflügelte Nase, die in kaltem Infarktschweiß schwamm. Alma öffnete die Tür und besah sich den Ausweis. Schauen Sie selbst, bat der Mann, zog aus seiner Aktentasche einen schweren Endlos-Ausdruck, der sich auffaltete und rauschend zu Boden blätterte. Entschuldigung, bat der Mann und bückte sich, wobei ihm der Ausdruck völlig entglitt. Er entschuldigte sich noch einmal und breitete den Ausdruck über den Hausflur und die Treppe. Während er ihn wieder falsch zusammenfaltete, kam der Mann der Zett herauf und grüßte und stelzte rasch von links nach rechts über die Fahnen und ging die Treppe hinauf. Der im Bücken rosé aufgeglühte Beamte deutete auf eine

Stelle des verwurstelten Ausdrucks auf der auf dem Knie balancierten Aktentasche und sagte mit warmem Weinatem: Hier! Sie sei doch Paul? Und kein Mieterwechsel? Also ein Propangasherd, deutete der Mann auf den Ausdruck. Alma ließ ihn ein, es gab nur einen Elektroherd. Das verstehe er nicht, sagte der Mann und fiel auf den Küchenstuhl, stürzte haltlos in sich zusammen unter seinem blauen Gewand und war nur noch ein lebenskampfmüder Sitzriese. Er suchte am Kinnbogen seiner linken Wange mit der linken Hand nach einem übrigen Barthaar, das er, als er es gefunden hatte, mit Daumen und Zeigefinger der linken Hand samt einem Hautwulst hervorquetschte, um es mit den Nägeln des Daumens und des Zeigefingers der rechten Hand herauszuzupfen. Es gelang ihm nicht. Haben Sie, bat er Alma, vielleicht eine Pinzette. Die Pinzette griff nicht. Ob Alma ihm ein scharfes Messer geben könne. Der Mann spürte mit dem Daumen der linken Hand das Haar auf, versuchte dann, das Haar zwischen die Kuppe des Daumens der rechten Hand und die Schneide des Brotmessers, das bis über den Scheitel ragte, zu klemmen. Das Gesicht des Beamten sah dabei schief zur Decke. Von der Zett kein Laut. Es geht nicht, sagte der Mann, legte das Brotmesser auf den Küchentisch, entschuldigte sich und ging und kam zurück, er hatte den Ausdruck vergessen.

Dann wieder Post: Paul? Probieren Sie diese Nummer und fragen Sie nach Spitzenbody. Diese Nummer war eine Telefonistin der Aachener und Münchener Versicherung, die Paul nicht kannte, einen Spitzenbody auch nicht, aber einen Sweetslip schon, ein Lehrer wohl, der regelmäßig am örtlichen Telefontreff teilnehme. Sweetslip sei Aktivist im Kulturkanal, wie wir die Leitung nennen, weil da nur seriös geredet wird. In vier Tagen um 19.15 Uhr sei eine Leitung frei, wenn Alma wolle, merke sie sie vor. Paul, nein wirklich nicht, was aber nichts bedeute, wir haben alle falsche Namen.

Hörens de Gong, da issenen Zugang auf Sendung, ein Neuer, wie heißte denn? Alma, sagte Alma, und daß sie hoffe, etwas über Paul oder Spitzenbody oder Sweetslip zu erfahren. Alma kannt ich mal eine in Applerbeck. Halt die Schnüß! Heißte wirklich Alma? Dat is hier nich üblich, erfind Dich einen Namen und Du brauchs auch nich Sie an uns zu sagen, ich heiße Hubert der Hengst, dat Pääd, unterbrach Tina Turner. Alma fiel nur die Biene Maya ein. Wie alt biste denn, fragte Rievkooke, schön mit den Hand rieve un mit Mondamin aanbinde, unterbrach Tina Turner. Dat jeht Dich doch nix a, wie alt dat se is, rügte Schnittsche. Hörens de Gong, all wiederen Zugang, is wat Rummel im Karton. Was los, Weiber, Frischfleisch? Hau ab, Du Arsch, dat is hier kein Baggerkanal. Shit, bin ich im Kulturkanal auf Sendung? Ein Swinger, verpiß Dich, sagte J. R.. Nur tote Hose hier, keine power, höhnte der Swinger. Soll sich verpissen, sag ich, sagte J. R.. Man muß es nit so jenau nehmen, sagte Hubert der Hengst, dat Pääd, unterbrach Tina Turner. Wird hier nur gelabert oder wie, höhnte der Swinger, keine Fotze, die oben rum mehr als ein Händchen voll hat oder wie. Klink Dich aus, Du Sau, sagte Schnittsche. Sonst gehen wir auf Schweigemarsch, sagte J. R.. Sind denn hier nur Bekloppte drauf, die auf Rente sind oder wie, höhnte der Swinger. Mann, rief Zaubermaus, ich bin 22. Und schon frigide, höhnte der Swinger, mit 22 stehst Du schon halb in der Kiste, nimms Gebiß raus, Mutti, und mach mirs französisch total. Asi, schimpfte Rievkooke, schön mit der Hand rieve, kam Tünnes Tina Turner zuvor. Schallwichser, höhnte J. R. zurück, da muß man sich ja für schämen, daß man Deutscher is. Ich nix Doitsch, ich Türk. Metallmusik schlug wie mit flacher Hand auf das Ohr von Alma, die in den Beinwellstauden des Fotos der Mühle nach dem Kopf von S. suchte. Dann Stille. Die Aachener Münchnerin hatte den Kanalswinger rausgeworfen. Dann wieder Gong. En Neue! Bitte melden Sie sich Ihnen, ich bin Hubert der Hengst, Du Pääd, kam Tina Turner Tünnes zuvor. Der Zugang schwieg. En Akustikspanner, auch dat noch, stöhnte Zaubermaus, wie isset heute chaotisch. Hörsturz, befahl Hubert der Hengst, durchzählen: 1 ich, 2 Tünnes, 3 J. R., 4 Rievkooke, 5 Tina Turner dat Pääd, 6 und 7 Schnittsche un Zaubermaus, nä, unterbrach Zaubermaus, mit dem ummen Tod nit, 8 Biene Maya, ein fehlt. Logo, sagte Tünnes, et is 16 Uhr 15, dat is den Lauscher, der immer bis 21 Uhr 15 bleibt. Hubert dat Pääd grüßt Dich, sagte Hubert der Hengst, so nu könne we ons jet verzälle. Paul, sagte Zaubermaus, war nich Paul. Dat is mir getz wat zu schwer, sagte Tünnes, ich leg Euch grad mal ab, muß nachem Pott. Schnittsche sagte: Wenn Paul bei war auf Sendung, war er logo nich Paul, meintwejen Strapsie oder wie oder wat. Biene Maya soll ihn eens beschreiben. Beschreiben fürn Funk is jut, Du Pääd, sagte Tina Turner. Wie meinste dat dann, fragte Schnittsche zurück. En Lehrer, sagste, sagte J. R., dat is woll die Slipeinlage, sicher, der wollte doch nach Leningrad. Dat war Sokrates, sagte

Zaubermaus, der Bindenlutscher war der, wo immer von Kunst geschwallt hat und schwul war. Deswegen hat er doch können nach Leningrad fahren! En Lehrer hatten wir nur einen, dat war der, der immer aus Sendung ging, wenn Eistanz kam, meinte Rievkooke, un mit Mondamin aanbinde, sagte Tünnes, ich bin wieder do, wat is Sache? Jott, sachens, rief Hubert der Hengst, da is doch in de Tagesschau widder enne Vulkan jeplatzt. Is denn hüt janix auf Sendung jebacke, maulte Rievkooke, ik mach wieder nach Bett, Tschö. Kein Gong. Nu hammer et wieder so rischtisch jemütlisch, sagte J. R. und fragte Zaubermaus, ob sie nachher mit nach Bei Marlies komme. Nä, hück ovend jon ich nit mehr rus, sagte Tina Turner. Denn machemer durch bis moojen früh, sagte Tünnes.

Als Alma, aufgeschleudert beim pünktlichen Stampf und Ladenknall der Zett, mit dem in ein Handtuch hochgeschlagenen nassen Haar, das Alma jetzt jeden Morgen waschen mußte, weil es nur noch fettete, schuppte, auch wegen der juckenden Grindpusteln, die Alma mit dem einen nicht abgeknabberten Fingernagel aufkratzte, aber nicht mehr, wie früher sonst alles, was von ihr kam, schielend nah beschaute und belustigt von der Fingerspitze abaß, sondern geekelt in ein Papiertaschentuch wischte, das sie sofort und abgewandt ins Clo warf und fortspülte, als Alma nackt aus dem Bad kam und, obwohl es sie bestimmt hatte vermeiden wollen, doch in einem schnellen und wieder zukunftsschrecklich todgewissen Seitenblick sich sah im halbhellen Flurspiegel, goldantik gerahmt, über dessen Rost Pauls gesammelte Herrenhüte mit breiten Schlapprändern und Damenhüte mit kecker Feder und dunkelblauem

Tupfenschleier in zwei schiefen Türmen einstaubten, das von der Aufbaucreme leichenweiße Maskengesicht sah, in das die nicht zuzuschmierenden tiefen Falten wie in Linoleum gestichelt waren, ihr Kalkgesicht sah, aus dem die roten Augäpfel mit verbanntem Selbstbildnisblick in das Ende ihrer Zeit schauten, sah die Trommel des Nonnenbauches, die schwunglose Herrenhüfte, die absinkenden und allmählich ausschwerenden Brüste mit den schlafenden Knoten, das krumme Kreuz, die schiefe Schulter, den Witwenbuckel, das Wulstgesicht der Knie zum Kotzen, die plattesten Schweißfüße der Welt, die krabbengeäderten Madenschenkel, die ihr seine Freiheit zwischen Promotion und hochbezahltem Einstiegsjob ausradelnder, noch unverabschiedeter Freund, falls sie bei jedem Schritt in dem mit stolzer Erwähnung des Preises überreichten Tanga-Body von Seite zu Seite sich ausbeulen sollten, reithosenmäßig ausschlabbern, auswabbeln, wegwellen, knacklos aussteigen sollten, würde nicht mehr ausstehen können, nur das nicht, hatte der Freund, als er mit seinen Kollegen bei der heiteren Promotionsfeier das Ehrlich Gesagt einer Frauenzeitschrift ausgefüllt hatte, gesagt und angegeben, daß ihn partout nicht anmachten zu kurze Haare, BH, fette Weiberschenkel, aber natürlich antörne alles, was Alma habe, hatte der Freund gleich hinzugefügt und die Hand der ihm über dem silbernen Kübel, den spitzen Gläsern gegenüber sitzenden Alma gefaßt, deren fernen Kopf mit dem gelösten Frühlingsfalterhaar er später, als er hinter ihr stierig zu werden und zu schnaufen versuchte und seine Finger in beide zu weiche und von Schwangerschaftsstreifen gezeichnete Pobacken schlug, als er Alma in das neue, ihm von seinen Eltern zur Promotion geschenkte und noch mit einem roten Schleifengewinde umwundene Ledersofa in schmerzhafter werdendem Knalltakt tunkte, so daß Almas mal Nase, mal Backe auf dem Leder quietschte, bis der übernächtigte Freund einfach fertig neben sie fiel, als Alma sich so in Pauls Spiegel sah – da stand die Lenkheit im antik trüben Spiegel, die sie im Pflegeheim Bergblick Oma Scheiße nannten, stand aufrecht, obwohl sie Oma Scheiße nur zu zweit hatten wenden können, wenn die wieder vollgeschissenen Laken unter ihr hervorgezerrt und die Gummiunterlage gewischt werden mußten, die Eugenie Lenkheit, proper jung und rund auf dem in den Brüchen weißen und weiß gezahnten Foto, das Oma Scheiße, deren Enkel und Chefarzt im Klinikum nie gekommen und sie befreit hatte, wenn es ihn überhaupt gab, immer unter ihrem Kopfkissen mit dem aufgebügelten Bergblick liegen haben wollte, und wenn der Enkel wieder nicht gekommen war am zweiten Samstag jeden Monats, wenn sie das Foto unter dem Kissen nicht ertasten konnte mit ihren bräunlichen Vogelfingern, die wider Erwarten nicht auseinanderknackten in einzelne schon angeblichene Knöchelchen, dann schiß die Lenkheit, der wegen der Wundränder keine Wegwerfwindeln mehr angezogen werden konnten, ins frisch bezogene Bett, Oma Scheiße, die sich immer nur unwälzbar wie ein feucht gewordener Zementsack gemacht hatte, stand da in Pauls Spiegel frech aufrecht mit dem Rest von festgeschwitztem Glatzenhaar, die Lederbrüste spitzig bis zum Bauch, dessen Haut von der Flechte fleischroh abgeschmirgelt war, an den Beinen hing ihr die Fleckenhaut wie eine schlabbrige Hose am Skelett, Oma Scheiße faßte sich, ohne

Alma aus dem bösen Blick der lidlos roten Augen zu lassen, unter das noch immer nicht völlig greisenweiße, wie ein Ziegenbärtchen nach unten zum Zipfel geschwungene Schamhaar, wies den Kot auf den aufgebogenen Fingern und strich ihn sich über den eingesunkenen Mund, wo er zu einem Knebelbart antrocknete.

Oben tobte die Zett. Bäuchlings lag Alma und rauchte kalt vor dem roten Ledersofa und schaute unter dem Gehänge der Zett zur Kastanie, auf derem kahlen oberstem Ast einer der Raben den Kopf auf und nieder ruckte wie im Stummfilm. Letzte, schon angefranste Blätter mit nicht mehr flammendem Rand flatterten noch, brachen ab, trudelten, nur dies eine Mal frei um sich tanzend, hinab und verschmierten schnell auf dem Asphalt der Straße oder verfaulten langsam in den Spießen der Hecke. Wehe, dachte Alma, sie wüßten alles über sich wie wir, welch ein Heulen wäre unter dem Himmel und auf Erden. Lüftete Alma vorsichtig ein Fenster, hüpfte gleich die Taube über die Fensterschwelle, legte dünne braune Kastanienzweige in die dunkle Ecke unterhalb des Fensters und rückte sich wie kuschelnd, den Schwanz hoch und gebreitet, den Kropfhals auf dem Boden, immer weiter gegen die Wand, als wäre es immer nur Frühling; und als sei es ihr älteres Zuhause, schüttelte sie den Kopf, als Alma sie aufschimpfte, stolzierte ungläubig und zögernd auf dem Fensterbrett und klatschte erst davon, als Alma sie anzufassen und hinauszuschubsen drohte.

Alma folgte den Eisenschritten der Zett von Zimmer zu Zimmer, faustdrohend, aber zog doch nur bei jedem

Türfluch der Zett die schräge Schulter höher. Auf Strümpfen lief Alma, ließ die Wohnungstür offen, schloß die Kellertür, den Schlüssel mit dem Finger führend und die Tür leicht an sich ziehend, so auf, daß nichts ihr Hiersein durch den marmorhellen Hausflur schrie. Sie setzte sich einen von Pauls Radhelmen auf, in die die Walkman-Knöpfe fest eingebaut waren. Sie hörte Paul lachen aus dem abgelaugten Kellerschrank. Von den Innenseiten der Türen des Schrankes schauten Marx und Engels und Lenin und eine Landkommunenfrau, stiefelnackt mit Sense im schamhohen reifen Korn, auf Alma, die zwischen ihnen stand. Rara hatte Paul die Bündel der Zeitschrift Twen beschriftet, den Stapel der gelblichen Raubdrucke, die, wo sie nicht aufeinanderlagen, noch gilber geworden waren. Ein nie ausgepackter hoher Karton, der die Orgon-Box nach Wilhelm Reich zum Selbstbau enthielt nach dem Aufkleber, auf dessen grob schraffierter Zeichnung der langhaarige Jesuskopf eines jungen Mannes aus einem Bretterkäfig ragte, seine Comicseele stieg aus seinem Kopf wie Herkules, der seine Keule schwang und auf zigarrenschmauchende Bosse niedersausen ließ. Eine Schachtel mit Kleiderbögen; manche der bloßen Frauen waren ausgeschnitten und mit Höschen, BH, Hemd, Strumpfhosen und Miniröcken bekleidet, deren weiße Laschen an den Seiten in die grauen Papierrücken der Frauen geknickt waren. Weltholzzündholzschachteln aus Holz, darin verknotete gefüllte Präservative, rote und blaue, schwarze, genoppte, gehörnte und glatte: Uschi, Tanja, Ilona, Shannon, Babsi, Madonna, Claudine, Brandy, einmal einfach S., einmal Alma. Alma lag bäuchlings mit Pauls umgekehrt tropfenförmigem, schwarzrotgold in den Nackenbürzel fliegendem Radhelm wieder vor dem roten Ledersofa, auf dem Teppichboden, der gefleckt war und in dem die Ringe von Pauls Flaschen noch sichtbar waren. Und über ihr warf die Zett mit Vasen oder dem Brockhaus. Etwas, nicht nur ich, wäre ich gern, sagte sich Alma. Die Nacht kam, die Raben wurden stumm, die Taube irgendwo, der Mann besänftigte brummend die Zett, animäisch der Mond durch die Knotenzweige der Kastanie, in den Nachrichten zerfiel wieder blutig ein Ostland. Tusch: Ich Will Einen Cowboy Als Mann. Weh dem, der jetzt kein Eigentum hat. Man Hat Es. Frau Auch – Deutsche Bank.

Alma wußte, daß sie, obwohl sie wenig aß, rapide dicker wurde, förmlich verfettete, alles verklebt, verkalkt, verstopft, ihre Adern röchelten nur noch, wußte, daß sie aufquoll wie ein auf die Heizung gestellter Hefeteig, dessen Mehlkruste weißschorfig wurde wie Almas Haut, die, wo sie nicht in Schuppen vom rohen Fleisch blätterte, langsam faul und blaubrandig zu werden und zu stinken begann. Doch Pauls elektronische, mit den Muskelmartergeräten kombinierte Waage log und folgte den Minimierungsprogrammen Pauls, die in seiner feinsten Schrift auf das blanke Sportgestänge geklebt waren, Sollgewichtsabnahmen, das Superidealgewicht, berechnet aus Alter, Größe und der Geißel der nördlichen Hemisphäre, dem Cholesterin. Die tägliche Pflicht der Verminderung des Leibes. Was schlimm ist: sich, weil man nicht weiß, wofür man lebt, zum Verschwinden bringen wollen; schlimmer: Die Hälfte der Menschheit verhungert gegen ihren Willen; am schlimmsten: Ein jeder ist sich selbst der Fetteste. Almas unfestes Fleisch bordete aus, wucherte zu der widerwärtig groben Masse Mensch, deren Wasserleichen-Anblick bei ihrer Körperwaidung auf dem Blechschragen einer gekachelten Pathologie, auf den man sie aus der Blechkiste, in der sie lag wie ein angebackener Gugelhupf, hatte kaum wuchten können, sie sich jetzt schon schämte, in Walfischspecklawinen würde sie auf die Schlachtbank plappen; nichts als altjüngferliche Wülste und Würste über und unter den platzenden Gummigrenzen ihres nicht mehr Höschen zu nennenden Arschsackes. In den Orangenporen ihrer aufgeschwemmten Kleisterbacken vermehrten sich schamlos fett die schwarzen Mitesser, die bis aufs Blut jedem Auspressen widerstanden, was den Freund, der mit den Versuchen, mit beiden Daumennägeln die, wie er sagte, Maulwurfsbollen des Unbewußten in ihrem, was er nicht sagte, Preiselbeerpfannkuchengesicht herauszudrücken, seine Enttäuschung über den ausgebliebenen oder den wie die Kopie einer Kopie einer Kopie eines scharfen Videofickrausches verwackelten schlappen Ausguß kaschierte, bald entmutigte, aber Alma hatte ihn angetrieben: Drück, gib nicht auf, drück fester, es muß alles raus mit allem Eiter, hatte ihn, der so tat, als zögere er, ihr Schmerz zuzufügen, in die empfindsame rechte Hüfte gezwickt, den kleinen Finger hart nach hinten gebogen, ihm eine Hode gequetscht, bis er wenigstens endlich nach vielen Ausmerzversuchen eine der sich blutig entzündenden Pocken zum Krater gemacht und Alma das Mitesserwürmchen in der Eitersoße auf der Kuppe des Fingers vorgewiesen hatte. Doch immer war, weil der Freund sich zu halbherzig bemüht hatte, noch ein Rest zurückgeblieben, dessen Alma trotz Spiegeln und trotz des langen Trainings, die Hände auf den Rücken zu drehen, nicht habhaft werden konnte, weswegen Alma nie wieder bis zum bald verdienten Tod jemandem ihren Rücken zukehren würde. Und immer Hunger. Gegessen, wieder Hunger. Dieses Loch in sich. Essen durfte, wenn überhaupt, nur rasche Zufuhr und Abgang ineins sein. Sie kochte sich – den Radhelm auf dem Kopf, über dem, wo er auch gerade war, die Zett den Klopfsauger unbewegt heulen ließ – eine Art Suppe aus viel Lauch, Metzgerzwiebeln, Kleie und Knoblauch, Möhren. Als Alma, die sich plötzlich doch statt der Art Suppe, in der noch Festes geschwommen wäre, das sich hätte in ihrem Darm verkanten können, zu einem von Bad Heilbrunner Teebeuteln stark verdünnten Abführmatsch entschlossen hatte, die gelben Rüben, die Zwiebeln und die zerfallene Knoblauchknolle samt einem von Pauls mit Algeneiweiß angereicherten vegetarischen Hefebrühwürfel zerquetschte durch die Zackenschlitze des Stampfers, stieg ein erst ferner, dann würziger, dann ekelhaft öliger Gestank von Fichtennadeln auf. Alma roch in den Topf, daher kams nicht. Der chemisch penetrante Schwarzwald drang durch das geöffnete Küchenfenster. Und jetzt hörte Alma, wie ertappt einhaltend mit dem furzenden und schrill metallenen Stampfen in den auf der Keramikplatte polternden Topf, vor dem Fenster ein Zischen, das von oben kam. Nur langsam, Alma gelähmt, verschwebte der Raumspray und blieb pappen in Perlmuttflecken auf der Fensterbank, dem Fensterrahmen, Pauls Kunstkaktus, auch auf dem in einer krummen Zipfelmütze erstarrten rotgelben Brei, den Alma ins Clo schüppte.

Nachts dichtete die Zett ihren Balkon neu ab mit knitternden Kleidersammlungsbeuteln und schrie ihre

Scheißesalti. In der Nacht kletterte Alma auf das Brandenburger Tor, wo die mädchenschmale Zett, deren Haarschwanz mit einer kecken rotgestärkten Schleife aufgebunden war, schon über den hohen Sims die lackierten Füße läutete und das luftige Sandalenfangen probte. Die Zett sächselte ungeniert. Paul war ein transsexueller Römer, stand als Friedensengel im Siegeswagen, ließ die Peitsche schnalzen und kutschierte Alma und die Zett durch einen angeheiterten Himmel, unter dem die vollen blauen Flüsse ihren Schlangenweg durchs Grüne schoben. Mitten in der Nacht schwelte das Fichtengas von der Wohnungstür her. Es war kein Traum. Es war die Wirklichkeit, und sie gilt mir, sagte sich Alma. Dem Himmel war es recht: Esse delendam ein jegliches, das unter mir ist.

Alma war trotz Helm, trotz der Eishockey-Turmschultern Pauls ungeschützt den nur in der Mittagspause des Mannes verhaltenen Niederschlägen der Zett ausgesetzt, ein mit den Hinterläufen unter die Räder gekommenes Kalb. Recht geschieht mir, hatte Paul notiert, als die Jahreslose wieder kein Eigenheim eingebracht hatten, ich tauge nicht zum Überleben. Briet Alma, in Wasser statt in zischendem Fett, Kartoffelpuffer, sorgte schnell die Zett mit air-fresh-Frühlingsfrische für einen angenehmeren Duft. Kochte sie eine Haferbrennsuppe, kam sofort Waldfrische zurück. Ließ sie eine schon stark verblaßte Champignon-Cremesuppe aus Pauls eisernem Vorrat an Tüten aus der Vor-Tschernobyl-Zeit nur ansieden, konterte die Zett mit Lavendel. Meist aber kamen die Züchtigungen der Zett nachts, wenn Alma den Tag über nicht einmal ein Knäckebrot zu kauen sich getraut hatte und im Bewußtsein ihrer Unschuld und dankbar über die Gnade der Zett zu Versöhnungsträumen eingeschlafen war. Alma setzte sich dann auf das Ledersofa, zerbröselte ein Zigarette, schlief in der Hoffnung auf ein auskömmlicheres Morgen wieder ein und erwachte in einem Ruck, weil sie auf dem Kopfkissen ihr eigenes nurmehr selten benutztes Parfum gerochen hatte oder, nur noch gejagte Nase, die Lindenseife aus dem Bad oder die provençalischen Mottensäckchen zwischen Pauls BHs, deren Sammlung mit Elizabeth Taylor als Kleopatra begann. Alma verhielt den Atem und bewegte sich nicht mehr. Bei Pauls Taucherausrüstung, die gut eingefettete Spitze der Zierfischharpune war mit Tampons gesichert, hatte Alma eine Nasenklemme gegen die fliederfrische Luft gefunden. Das Mundatmen trocknete den Gaumen ein, der bitter und rissig brannte. Über die Gaumenschrunden schmierte Alma Quark, den sie, wenn er nach und nach von der Gaumenhöhle troff, mit Zunge und Fingern wieder aufstrich. Im Schlaf erstickte der Quark die Kehle. Alma trank Glaubersalz und entleerte sich außer Haus, im Bahnhof, zweimal hochgezwungen durch Drogenkontrolleure. Sie pinkelte, einen Schenkel auf den Nirostarand gelegt, in die Spüle und schwemmte weg, tröpfchenweise das Wasser aus dem Eimer, den sie sich während der Stadtgänge der Zett zu füllen traute, mit der Hand schöpfend. Nur keinen Laut, nur keinen Beweis ihres Hierseins. Erst schloß sie die Zimmertüren nie, ohne einen Finger vor das Schloß gelegt zu haben, dann, wie um sich gegen das Türeschmeißen der Zett als Klügere zu behaupten, gar nicht mehr. Leicht war sie nun. Fast nur noch die Hohlform ihres Verschwindens. Pauls Nichte, aber hier, nicht in Caracas oder sonstwo.

Pauls Reihung englischer Grammatiken war ein Vorwand, in den Schutzumschlägen steckte eine Werkausgabe von De Sade, als Lesezeichen ausgeschnittene Todesanzeigen von Männern, die, alle Pauls Jahrgang, alle viel zu früh, aber nicht alle unerwartet heimgegangen waren. Nur in der Hinrichtungszeit am noch dunklen Morgen drohten keine Attacken der Zett, Alma fröstelte dann auf dem Ledersofa und schaute zu, wie pappiger Schnee sich auf die Äste der Kastanie schichtete, absackte und in Girlanden hing im stillen schattenlosen Licht des Monds. Die Zeitung kam mit einem Menschen unter einer Riesenpellerine, der auf dem Gartenweg clownsgroße schwarze Schritte hinterließ. Nur jetzt wagte Alma, weil sie sonst wegen der Zett das Fauchen des Brenners fürchtete, die Etagenheizung anzustellen. Und jetzt bohrte Alma ein feines Loch bis unter das Bett der Zett und sprühte durch einen Schlauch Ameisensäure, Scheißescheiße, Zigarrenstumpenteer, ein Konzentrat aus Schlachthöfen, daß die Zett, ein nasses Tuch vor Mund und Nase, aufsprang und über die sternförmig splitternden Löcher unter ihren Bollenpantinen hüpfte, die Alma über sich und unter der Zett in die Eisdecke schlug, daß die Zett auf den Balkon stürzte, wo Alma mit Pauls in Kunstharz eingegossenem und beschriftetem Sturmfeuerzeug (Nie wieder Nikotin!) die Klamotten der Zett angezündet hatte, rasend rollte sich das Plastik schwarz hinauf, das Feuer fing die Zett, ihre Haare, brannte das Babydoll ihr in die Haut, die Zett floh zurück in die Wohnung, aber Alma schoß mit ausgestrecktem Daumenrevolver vor und nach und in die Füße der Zett und lachte kalt dazu wie ihr Freund, der, wenn ihm wieder nur die vor die Scheide zu einer Röhre geformte Hand der prüfungszagen Alma einen Höhepunkt hatte bescheren können, es geliebt hatte, kalt lachend seine Hände um Almas Hals und beide Daumen auf ihren Kehlkopf zu legen und a bisserl zu drücken: Hast empfangen, Deinen Code erfüllt und bist, Knack, gewesen, ein Furz in der Evolution.

Und lag doch zwischen den verfledderten Astern im Garten vor Pauls Mühle, der schwalbenhohe Himmel, der so schön unklar gemischte strenge Duft des Herbstes, wegdömelnd in die schwere Erde, in die Ewigkeit des Himmels, in dem die Sonne sich ein rotes Tuch bis unters Kinn zog und zum Schlafen rollte, während der Mond sein weißes Licht hochschaltete, stufenlos über den verschrumpelten Königinnen der Nacht, diese Ruhe hier, dieses Ausglühen zu einem gleichmütigen rundgewaschenen Kieselstein. Almas Fuß zuckte ein letztes Mal im kommenden Schlaf. Paul lehnte unter dem Türsturz der Mühle, sein Bart weiß gesträhnt von den Sabberecken des Mundes hinab. Wieso rauchte er Pfeife? Paul trug die an den Bünden grau geschubberte Zimmermannshose von Almas Vater und dessen für einen Sportlehrer zu bauchiges Flanellhemd. Paul, der Vater, die Mutter trugen in Plastiktüten eingefangene Siebenschläfer in den fernen Kotten, den ein Essener Sport- und Bäderdirektor sich zum Refugium ausbauen wollte. Haben wir alles, rief Paul, Hausratsversicherung, Feuerversicherung, Invalidenversicherung, Tagegeldversicherung, Pflegeversicherung freiwillig, Bestattungskostenversicherung, Reiseversicherung, Lebensversicherung, Insassenversicherung, Rechtsschutzversicherung, für wen denn nur die Ausbildungsversicherung? Nicht so laut, flüsterte die Mutter zurück, das Kind schläft. Aber die Haftpflichtversicherung, schrie Paul, sollten wir erhöhen, stell Dir nur vor, Du zerknalltest bei der Mühleneinweihung mutwillig einen Luftballon zu nahe dem Ohr einer Rechtsperson, deren Gehör, es ist das empfindlichste Organ des Menschen, dadurch beeinträchtigt würde, und die Person ist bei Telekom tätig und hat einer vierköpfigen Familie den Lebensunterhalt zu gewährleisten, wir müßten die Mühle verkaufen, wir gehen auf drei Millionen, was meinst Du, ist das genug? Die Verschellensversicherung hast Du vergessen, flüsterte die Mutter, und die Versicherungsausfallversicherung. Paul: Die Nixdorf-Aktien sind eine Katastrophe; habe gestern das Recht, lebenslang zwei Wochen im Jahr in der Toscana wohnen zu können, erworben und mir heute von einer Schülerin sagen lassen müssen, daß dort die Zypressen sterben; die Schulleitung widersetzt sich der Weiterleitung meines Gesuches nach Anhebung der Stelle zum Studiendirektor; sprang wiederholt vom Tisch, der Nierenstein ging aber nicht ab; trat in Kot (Menschen!), als hätte ich nicht genug Arbeit und Ärger damit, jeden Tag der Sterbewahrscheinlichkeit nicht näher zu kommen; kaufte Superschuhe, mußte den Marathon nach vier Kilometern abbrechen, Blasen; schlimm: allein sein; schlimmer: nicht allein sein; am schlimmsten: sein und nicht sein. Ende. Nicht mal das gerät mir, sagte sich Alma, als sie, bevor die Zett das Haus verließ, Erbsen auf die Marmortreppe gestreut hatte, doch die Zett hatte die Erbsen mit Schneckenkorn weich geschäumt und sich einmal öfter als sonst auf dem Gartenweg nach ihr umgedreht. Ich verstehe diese Ferkelei nicht, sagte der Oberlandesgerichtspräsident zum thüringischen Lastkraftwagenfahrer, der, weil er während der Fahrt auf der Autobahn auf ein Pornofoto gewichst hatte, drei grob fahrlässige Auffahrtötungen zu verantworten hatte, Sie sind doch sonst ein kluger Mensch und haben ihr Geld vernünftig in Eigentumswohnungen angelegt. Die Nasenklemme verstärkte den Gestank aus dem Innern. Mir ist vor meinem Faulen so übel, sagte sich Alma, daß ich die Füße, schmerzten mir nicht die Hände, unter die Arme nehmen und vor mir Reißaus nehmen könnte, immer um den Erdball, und immer, wenn ich mir am Äquator begegne, einen Schweißspray zur Hand. Natürlich war die S. im Mühlenbild nicht die Mutter, sondern die Zett, die Siegmunde hieß. Und Paul in ihrer Gefriertruhe; auch ein altes Gehirn ließ sich mit Zitrone schmackhaft machen. Alma zog die Rolladen nicht mehr hoch. Nur durch einen Null-Null-frischen Spalt Aug in rotgerändertem Aug mit der Taube, die, noch immer auf der Suche nach dem Felsennest, auf einem Krüppelfuß stand und grünlich schiß. Am Morgen standen altschwäbisch sprechende Rumänen vor der Wohnungstür und probierten falsche Schlüssel aus. Der Makler hatte nur auf die herabgelassenen Rolladen gedeutet und gleich kassiert. Nichts von Paul. Nur ein Yves-Rocher-Päckchen voller Styropormuscheln mit einem 12er-Set-Lippenstifte und einem Kondom als Werbegeschenk. Dann troff Wasser durch die Baddecke. Alma stellte ein Glas, aus dem sie die von Maden versponnene Dinkelgrütze geschüttet hatte, unter das Leck. Auf den feuchten Boden legte sie Pauls Esotera-Hefte aus, die aber nicht saugten. Am übernächsten Tag hörte das Tropfen auf. Alma heizte rücksichtslos, legte sich schmerzfrei auf das Sofa und glaubte an die Gerechtigkeit der Welt, und ein Feuer flog unter die Wangenbeine.

Das Nilpferd, das über ihr den Käfig abrannte, ließ Pauls letzte Glühbirne aufzucken und verenden. Alma, mutig mit Helm, Footballschultern und Nasenklemme, jagte es durch einen Schlitz im Rolladen aus der verdunkelten Wohnung. Die Zett sprühte durch den leichtfertig gelüfteten Schlitz beidhändig Lysol-Maiglöckchen zurück. Da lachte Alma frech. Das war der Zett ein Stichwort. Sie hörte nicht mehr auf zu husten und zu nießen. Und steigerte das von Tag zu Tag, in den sie mit Rolladen, Treten, Klopfsaugen wütender hereinbrach, zu Schreien, Kreischen, senkte es, wenn der Mann brummte, zu Jammern und Verröcheln, und schleuderte es danach wieder hoch zu Halsausbrüchen, Nasenexplosionen, Jerichotrompeten. Ratlos stürzte sich die Taube von der Dachrinne in den spraybunten Schnee. Schnell zog Alma den Kopf zurück unter die vom Türenbolero der Zett mit Putz gepuderte Daunendecke bis zum Haarbürzel, an dem sie der Freund, wenn Alma ihr Pemperlesherz wieder in der Hasenfurzstatt begrub, gern unnachsichtig ins Leben gezogen hatte. Nachts, wenn der Mann schlief, starb die Zett auf dem umlappten Balkon laut den Raucherschwindsuchtstod, worauf einmal der Notarztwagen kam mit Blaulicht und Horn, der Arzt flog mit der Tasche zum Haus, die Zett ganz still auf dem dunklen Balkon und verriet sich nicht, es klingelte bei Paul, der nicht da war. Der weiße Arzt flog zum Krächzen aus dem Wagen zurück, der heulte los, ehe der Arzt seinen zweiten weißen Fuß im Auto hatte. Oben brummte der Mann.

Alma atmete nur noch ins Handtuch. Löffel und Tasse gaben zu leicht Laut auf dem dumpfen Tisch, auf der blechhellen Spüle, sie verklebte sie mit braunem Paketband. Einen Teller benutzte sie nicht mehr, der lärmige Geschirrschrank verriet sie am meisten. Sie schnippte sich aus Pauls verfallenen Tüten die Spargel- oder Tomatencreme- oder Bärlauchsuppen, die ihr unter der Nasenklemme gleich schmeckten, trocken in die Hand. Die Glibberhoden aus Pauls unerfindlich turmhoch gehorteten Mozzarella-Vorräten ließ Alma aus dem Glas in den weit geöffneten Mund schlupsen und schluckte sie brav und still. Kaute sie die ganzen Haferkörner, hütete sie sich, dabei mit den Kinnbacken zu knacken. Die Zett raste unvermindert fort. Ich bin nicht Paul und bin nicht da, sagte sich Alma. Alma las im Licht von Pauls Megabusenkerze: Sollte mich in Berlin einkaufen, enorme Besitzvermehrung allein durch Ausnutzung legaler und gewollter Steuervorteile garantiert; ziemlich sicher: Bauchspeicheldrüsenkrebs; und/oder Prostata, pinkle in Schüben, schon jahrelang keine Morgenlatte mehr; X, zwei Jahre jünger als ich, hat seine Putzstudentin geheiratet und: Hodenschwund!!; meide die Frauen, als Co-Trainer der Schülerinnenfußballfrauschaft zurückgetreten; verkaufe die Mühle, trete per Helikopter ins griechische Inselkloster ein, dem ein Beben auf immer Zu- und Abgang zerstört hat; oder auf die feuchten Hebriden und jeden Tag die gleiche nicht ausreichend freigemachte Ansichtskarte an alle: Leckt mich im Arsch plus Strafporto; besitze aus Steuergründen das halbe Zimmer einer gemeinnützigen Aids-Abschiebe; erlag den Streuobstwiesenbettelbriefen des Bundes Naturschutz; in Caracas gibts Ananas –

vorzügliche Cholesterin-Prophylaxe. Menschen mit Schmerzen werden nicht beachtet und bringen sich um. Aber nein, rief sich Alma zu, öffnete die Terrassentür und rauchte, obwohl ihr knochenweich dabei wurde, Fähnchen in die Winterluft, drehte Pauls sanften Telemann gehörig auf, den ihr Freund, der schlagkräftig Beethoven zu dirigieren liebte, Valium in Barockkopfsülze genannt hatte, lag auf dem Sofa und lächelte Sieg.

Von der Zett war nichts zu hören am nächsten Morgen. Sie schüttelte lediglich von den brettsteifen Scheuerlumpen und Altunterhosen die Frostkappen, die in den Schnee der Terrasse plumpsten und Zeilen in die wirren Trippelfährten der Taubenfüße zogen. Alma breitete die warmen Hände auf den schmerzensreichen Leib und träumte von Paul, der auf dem weißen Traumschiff im blauen Meer von den drei Damen träumte, die die drei Knaben waren. Alma lag mit der tiefbraunen Bikini-Zett in weißen Kippsesseln, sie tranken durch grüne Röhrchen Süßweinshakes aus halben Kokosnüssen und lackierten sich alle Nägel, während Paul in höchster Not zwischen den auf ihn von beiden Seiten zustürmenden drei Damen und drei Knaben über Bord köpfte und von einem greulich ungestalten Grauhai mit dreifach kreuz und quer gereihten Zähnen gepackt wurde, im Donnermaul zerschleudert, ausgespuckt, aufgeschnappt, blutbrockenweis gefressen wurde, daß nur noch der Schuh, der Socken, der Hosensaum übrigblieben und trieben im leeren Swimmingpool des Firstclassdecks, in das Paul gestolpert war, wobei er sich eine Stirnplatzwunde schlug, die Alma mit fühlerfeinen Fingern abtupfte, vernähte; Pauls grauer Kopf ruhte dabei im rasierten Schoß der Zett. Und alle waren es zufrieden. Die Ruhe war trügerisch.

Denn die Zett hatte die Macht der Töne entdeckt. Halbstündig stach nun die zu einem Dreiklang beschnittene Zauberflöte fortissimo in Almas Ohren mit Stricknadeln und meldete das Neueste an, das, weil zum siebtenmal vergeblich zu überhören versucht, so alt war wie die Staus, mit denen Alma heimisch wurde am Meckenheimer und Hermsdorfer Kreuz und im Inntal-Dreieck. Die Volkskehlen des Hausfrauenfunks, die nun vorzüglich im Thüringer Wald aufjauchzten, ließen sich noch wie achtlos zum Hintergrund wegpfeifen. Da stellte die Zett ganz aufs Wort um, auf Bundestagsdebatten über Steuererhöhungen und den Dolch, den der Ecu in den Rücken der Mark stieß; auf populärwissenschaftliche Erläuterungen wissenschaftlich erhobener Zahlen in Umfragen, ob und wie die Deutschen eine Nation seien oder sein könnten oder ohne Meinung dazu und ob der Kollaps des Ostens das freie Europa in den Abgrund ziehe, so daß im Moment des Sieges eine Niederlage drohe, etwas, von dem sich in der Aula am Sonntagmorgen ein Literaturwissenschaftler anhand von Sophokles bis Hegel fragte, ob es Tragik zu nennen sei; auf die Korrespondenten aus Zagreb und Belgrad, die ihre Ratlosigkeit über so viel Dschungel im hellen Europa durch die immer gleiche Floskelmühle drehten; ein Masters-Match in fünf Sätzen über sechs Stunden live; schlank werden in einem Tag, ohne zu hungern. Und nie unterschritt die Zett die Schwelle des Halblaut, das die verstehenssüchtigen Stammhirnohren Almas an die Decke nagelte. Weghören ging nicht, zuklappen nicht. Mit Hammer und Amboß der Sinnfreßmaschine war Alma willenlos der Zett hörig und verließ Paul, der, von einem letalen Vitamin-E-Mangel schwer gezeichnet, sich auf das Sonnendeck des weißen Traumschiffes wünschte, wo er als weißer Steward von S., die, brillantreicher Müßiggang und immer noch weiblich aufstachelnd, nicht erkannt wurde und bitter gegen den Wind spuckte, folgte unvermeidlich mit zimmerhohen Ohren dem Landfunk oben und verstand, daß im vergangenen Jagdjahr 38 000 aussterbende Hasen, 420 Hirsche, 35 000 Rehe und 150 Wildschweine von Autos erlegt worden waren, und blieb mit den Ohren an das Radio der Zett gezwickt, während die Zett längst woanders hustete, Türefangen spielte und woanders klopfsaugte, sprühte, die Spülmaschine auskippte, Alma in New York, wo es keine Wildschweine gab, aber ein Autofahrer einen Mann, der seinen Hund nicht gehindert hatte, an die Autoreifen zu pinkeln, erlegte. Wohin denn noch hören, klagte Alma. Zu spät, sagte Paul zu S. und heiratete seine Putzstudentin, nein, doch lieber das geschiedene Fräulein aus der Englisch-Abteilung der Stadtbibliothek, das sich als Erbin von Gut Siegfriedsruh und Mutter einer praktischerweise ziemlich erwachsenen Tochter erwies, jedoch leukämisch war und bald hinschied, Paul hingegen genas von seinem finalen Gliederreißen, aufopfernd gepflegt von der Stieftochter, die, was Paul, als er es mit einem kühnen Sprung über alle Konventionen hinweg bemerkte, erleichterte, oben Frau und unten Mann war. Es war, als wisse die Zett, wohin sich Alma mit Helm, Footballschultern, Knieschonern, Handschuhen, Nasenklemme und undichtem Pax in den Ohren zu verkrauchen suchte, als baldowerte sie Almas Umblasen der Blätter von Pauls Mühleordner an Pauls Schreibtisch aus, vielleicht mit durch den Ausguß, durch das Clo eingeführten Endoskopen, mit Scherengläsern, die sie aus ihrer Lappenfestung ausfuhr, vielleicht mit einer Almas letzte Körperwärme aufzeichnenden Rotlichtkamera. Alma im Kleiderschrank, Schubert singend im Kühlschrank – die Zett erwischte Alma immer, kappte den Strom, so daß Alma abtaute, die Zett sprühte Backofenrein in das Tiefkühlfach, vertrieb sie aus dem letzten Refugium und galgte Almas Ohren mit dem Powerregler des Radios auf und ab. Selber Krach machen dagegen, sagte sich Alma. Sie zwillte mit Pauls Strapsgürtel ungeknackte Haselnüsse an die Decke, die Zett sprengte mit einem Preßlufthammer Gruben in alle Zimmerdecken und versenkte in jede ein handliches Radio mit Langlebebatterie. Das war das Ende. Die Zett hatte gesiegt. Alma blieb nur der Rückzug. Die Post legte das Telefon still. Hausstaubmilben und Motten vertilgten Almas nachgelassene Haare. Paul kehrte zurück und zog die Rolladen hinauf und ließ Frühlingsluft herein, wurde Sieger im Stabhochsprung beim Landeswettbewerb der Mädchenschulleiter. Vier brave aus Chemnitz übergesiedelte Totengräber trugen Alma hinaus, ihre bloßen Füße voran. Das Haus war nun almafrei, und die Zett wischte die Treppe bis zum Absatz vor Pauls Wohnung und versprühte Espérance gleichmäßig vom Keller bis zum Boden.

Die Zett hatte recht: Alma taugte nichts, war eine Verliererin und paßte nicht in die Zeit. Sie fand Paul nicht, lag mit gebrochenem Rücken in der Fallgrube der Zett und hätte doch nur eine Hand heben müssen, nur den

Mullknebel aus dem Mund und einmal Ich überlaut zurückschreien. Die gelbgerillten Fußnägel schwammen davon wie Briefmarken im Wasserbad, die Hände eisweiß, das Hirn eine sich verfärbende und perlmutt schillernde Kinderportion Wurstsalat unter der Schädelglocke, das Hirn stank aus den grindigen Ohren und der schleimenden Nase. Versagt, vertan, nichts geworden, zu feige, zum Tode verurteilt. Der Rabe kam hereingesegelt, krallte sich auf Almas Nasenbein, faltete die Flügel ein und schielte auf Almas linkes, Almas rechtes Auge, konnte sich nicht entscheiden, schrie sein Lied auf einem Ton, und als er den Kopf wieder herunterruckte, griff Alma seinen Schnabel und stieß ihn sich in beide Augen. Die Zett triumphierte oben mit einem Pseudokrupp. Eine blinde Hündin war Alma, in den Straßengraben gefahren; erst kamen Ameisen und Fliegen, dann von innen die Maden, der Bauch sank endlich ein, das verstruppte Fell legte die Knochen frei, die bleichten, wurden grau. Alma atmete auf: Nun war sie unkenntlich. Aber der Schmerz ließ nicht nach, alles war Schmerz.

Alma hatte ihn durch einen Lichtschnitz im Rolladen auf das Haus zukommen sehen. Er war groß, drückte wie gegen Sturm einen schwarzen Kugelhut mit weiter Krempe ins Gesicht und zog einen Koffer auf Rollen hinter sich her. Alma duckte sich unter das Fenster und stellte sich taub. Es klingelte nicht, die Tür wurde aufgeschlossen, der Mann stand im Flur und grüßte, sein Haar war grau, statt Augen eine schwarze Blindenbrille, an seiner Soutane die gelbe Binde mit den drei schwarzen Punkten. Er lief an Alma vorbei ins Badezimmer, öffnete den Toilettenschrank, aus dem Tuben, Schachteln, Flaschen in das Waschbecken klirrten. Er fluchte. Paul, fragte Alma. Ob er so aussehe, fragte der Mann zurück. Blutverflüssiger, Blutfettspiegelsenker, Zellentschlacker, alles verschreibungspflichtig, wer weiß, ob es das in Caracas gibt. Der Mann setzte sich auf das rote Ledersofa und sagte, zu einem Nescafé sage er nicht nein. Zwei weiße behaarte Halbmonde gingen zwischen dem Schlangensaum der schwarzen Soutane und den roten, mit blauen Sternen besetzten Perlonsöckchen auf, die in deftigen, zur Seite geschnürten Försterschuhen verschwanden. Geworfen sei der Mensch, weil er einerseits purer Körper sei, reine Biochemie mit etwas Physik wie nur jeder zum Auf- und Ableben und nichts sonst bestimmte Nieswurz oder Blauwal beispielsweise, andererseits jedoch wegen eines idiotischen Hopsers der Evolution über ein unsinnig ausgewuchertes Großhirn verfüge, ein Bewußtsein seiner Sterblichkeit, aus dem Trauer und Liebeswahn, ein nicht abzufütterndes Streben nach Besitz und Verankerung folgten, Religion, Humanismus, Sozialismus, Kunst und andere Illusionen der Versöhnbarkeit mit dem auf ex programmierten Körper, Schnickschnack alles, kultureller Kitt und Kleister über dem einzig Wahren: friß, sauf, vögel, laß dich nicht unterkriegen und Abtritt, aller schöne Schein perdu, schöner gesagt: zerbröckelt und zerbröselt jeder Überbau über der biochemischen Determination, das wisse man – außer Drewermann – ja längst. Das sei Marx von dem Kopf auf die Zellen gestellt. Einen Hennessy hätte er gern, den Alma im Kleiderschrank hinter dem Stapel der Nachthemden finde. Natürlich sei er nicht Paul, sondern der Seelsorger der Bahnhofsmission. Also, habe Paul, fuhr der Mann fort, geschlossen, müsse das aberwitzige, aber nur durch letale Selbstvergiftung vorzeitig ausschaltbare Bewußtsein, diese Art Killervirus, vernünftig umfunktioniert werden zum Kontroll- und Korrektur-, also Optimierungsprogramm des biochemisch-physikalischen Basisprogramms Körper. Entspannter leben, länger leben, stärker sein, effektiver vögeln, Besseres fressen und final fertigmachen, wer einen fertigmachen will – und basta. Ob er rauchen dürfe, fragte der Mann nicht, die Zigarre wollte er mit einem Kondompäckchen der Aids-Hilfe entzünden, er steckte das lila Päckchen wieder in die Tasche, holte aus der anderen das Sturmfeuerzeug. Die Zett schrie mit Husten und zog den Klopfsauger über das rote Ledersofa. Also habe Paul sich gesagt: Wo könne man besser und länger leben undsofort als dort, wo die anderen ärmer seien und über eine geringere Lebenserwartung verfügten, wo es frische Fische, kein Eisbein, enzymreiche Früchte gebe, ohne Zweifel sei Caracas zum Überleben dienlicher als das Surf-Vival um Grönland, das in den neuen Bundesländern bei ideologisch belasteten Lehrern auf größte Nachfrage stoße. Auf dem Weg nach Caracas hätten sich aber einige Mißlichkeiten eingestellt, weswegen Paul ihn um Hilfe gebeten habe, die, wiewohl er Pauls zynischen Hedonismus als Priester verwerfe, seine Pflicht sei. Jedoch habe er Paul am vereinbarten Treffpunkt im Park hinter dem Quellenhof nicht angetroffen. Er habe ein wenig in der Schrift gelesen und den Müttern und ihren bei ihnen eingehakten und ihnen wie aus dem Gesicht geschnittenen Töchtern zugeschaut, die mit einer, dann mit dreien, dann seltsamerweise wieder mit einer Plastiktüte den Park durchquerten. Es lohne sich nicht, wegen des Zimmermangels an dem der Tochter zugewiesenen Studienort eine kleine Eigentumswohnung zu erwerben, habe die wie ihre in die Jahresringe gekommene Tochter, aber gepflegter aussehende Mutter eingewandt, würde dann zumal die Finanzierung der für eine lukrative Vermietung notwendigen Renovierung des ihnen in Meißen zugefallenen Hauses enger, wogegen die wie ihre jüngere, fülligere Mutter aussehende, aber mit einem über die Hände gezerrten grauen Schlabberpullover gekleidete Tochter vielleicht auch wegen des Walkmans in ihren Ohren etwas sehr heftig gehalten habe, daß alle sagten, jetzt müsse man kaufen, es werde nur noch teurer und schlimmer. Ein Elend, habe die Mutter bekräftigt. Die Sonne habe gelacht. Eine Parkbank weiter habe eine Dame in einem bayerischgrünen Lodenkostüm nach Tauben geworfen. Als er eben habe gehen wollen, habe sich diese Dame als Paul vorgestellt, der gleich den Seelsorger der Bahnhofsmission in ihm erkannt habe, jedoch zunächst habe sondieren müssen, ob ihn, den man doch noch für unversichert verschollen und mithin immer noch potentiell ruhegehaltsfähig wähne, auch trotz seiner Tarnung kein Kollege, keine Schülerin, keine Spionin der Familie oder des Oberschulamtes beobachte, habe Paul geflüstert und dann, sagte der Mann, der in der grauen Wolke seiner Zigarre plötzlich käsig wurde und mit der Blindenbinde den wie aus einer angeschnittenen Gurke perlenden Schweiß von seiner Stirn tupfte, erregt Caracas gerufen, wobei seine Handtasche aufgeplatzt sei, aus der allerhand, nunja, sagte der Mann, befremdliche Utensilien gekollert seien, die Paul, sich in dem etwas straff sitzenden Lodenkostüm niederzwängend und gefährlich auf seinen halbhohen Pumps wackelnd und ihm etwas unschön den gefüllten Hintern zureckend, aufzusammeln versucht habe, dabei aber der Länge nach, hier begann die Zett zu einer aufgedrehten Simultanreportage des UEFA-Cups ihren Holzschuhtanz, daß der Seelsorger es sein ließ, sich mit überdehnten Mundbewegungen und schattenspielhaften Handgebärden verständlich machen zu wollen, und in den Keller sprang, aus dem er Pauls Tennisballwurfmaschine heraufschleppte, sie gegen die Zimmerdecke richtete, und während die harten Bälle gegen die Decke und zurück schossen, saßen der Mann und Alma sicher unter dem Eßtisch, der Seelsorger schilderte die ihm von Paul geschilderte Not, nach Caracas zu gelangen: Ja, wie denn? Etwa mit dem Bus? Unpünktlich und voller Streptokokken an den Haltestangen, Aids-Husten, Schülersamen undsofort, und auf jedem freien Platz ein Rucksack. Taxi vielleicht? Ließe man Taxifahrern freie Hände, schlügen die Taxifahrer, wenn sie nicht dienstfreie Taxifahrer führen, die auch nichts gegen Türken oder Schwarze oder Sozis hätten, allen Türken und Schwarzen und Sozis die Rübe ab. Die Zett sprühte Sagrotan-Mango durch die Terrassentür, die der qualmende Seelsorger mit den Worten: Nur frei heraus, Mut zeigt selbst der Muckefuck, lachend halbauf gekippt hatte. Nur zu Fuß, habe Paul, sagte der Mann, gesagt, gelänge man zum Bahnhof und nach Caracas, aber Irrtum: Mutwillig quergestellte Fahrräder, Autos, Kinderwagen auf dem Gehsteig einer Gesellschaft, die, sinnleer und diätvoll, nur noch rücksichtslosen Eigennutz kenne, Hundekot überall, wie komme man durch

Pausenschüler vor Bäckereien, ohne zur Seite und, wieder einmal den dummen Nachgiebigen abgebend, vom Trottoir zu treten und sofort von einem fröhlich als Tom oder Mecki beschilderten Paket- oder Kiestransporter zu Boden gerissen zu werden; und warum denn Caracas, wo es keine Sterbegeldversicherung gebe, Kanada vielleicht, wären dort nur Methusan-N-Knoblauchkapseln oder wenigstens Musil im Original erhältlich, Leipzig habe er eine Weile gedacht, ein neuer Anfang, irgendetwas Solidarisches und auch noch Deutsches, doch seien alle Proktologen in den Westen gewechselt, Lotto habe er gespielt, ARD und ZDF, auch das nur Beschiß, mit dem Geld hätte ich, habe Paul, sich vom leicht matschigen Parkweg aufhebend und den Zierkies abklopfend, sagte der Seelsorger, versichert, die Mühle rollstuhlgerecht ausgebaut und zwei ergebene Hallesche Schwestern geheiratet, die den Windelschiß eines alten und zumal unbeförderten Oberstudienrates ertragen könnten, ach Caracas, habe Paul, rief der Seelsorger, gerufen, das Rauschen der Palmen und des Meeres, stattdessen auf dem Anrufbeantworter, dem auch er habe nachkommen und witzig betexten müssen: Paulus schrieb an die Korinther, ich bin nicht da und heiße Ginter – nichts als schlecht gereimte Scherze von stufenfrisierten Abiturientinnen: Wer mit Vierzig fällt vom Reck, gehört nach Sachsen-Anhalt weg, dabei habe er, habe Paul, sich entfernend zu den Büschen hinter dem Quellenhof, wo, Deutschland krächzend, die Unterberge mit den Schrundengesichtern und den gebrochenen Schuhen auf- und abgetaucht seien, richtiggestellt, würdige 54dreiviertel auf dem ungebeugten Buckel, berichtete der Seelsorger und seufzte – am schlimmsten:

Niemand kann heute mehr in einen Alpengletscher stürzen und nach viertausend Jahren gefunden und für etwas Besonderes gehalten werden; denn Alpengletscher gibt es dann nicht mehr. Die Zett tobte wie eine Bande Dresdener Holstenbier-Deutscher, der Seelsorger züngelte und zeigte die mit Elfenbeinrosetten besetzten Strumpfbänder unter der Soutane, sein altes Fleisch war fahl gewellt, und aus dem Hut, mit dem er zum Abschied winkte, flogen die Kapitalsparbriefe. Die Raben, die Taube, die Zett mit Scheiße-Husten.

II MIT MÄSSIGUNG

Alma verließ das Haus und suchte den Quellenhof. Die Zett schrie aus ihrem Balkonbunker: Wer nicht pariert, wird massakriert. Ein dünner drückte das Gesicht eines dickeren Jungen in den Maschendraht des Schulzauns, durch den Nasenflügel des Dicken spießte das abstehende Ende einer Drahtschlaufe, weinend schielte der dickere Junge mit seinen durch den Zaun gepreßten Augen auf seine blutende Nase. Der Informatiklehrer der Handelslehranstalten lag verborgen mit seiner Teleskopbrille inmitten von Lila-Pausen-Papieren vor der Tür zum Bäcker unter dem verzinkten Fußrost, über den die Elfen der Klasse der Friseusen hüpften, und folgte seiner Mannschemie, bis sie seinem Auferstehungwunsch nicht mehr gehorchte. Dunkle Menschen hockten vor den Kleidersammlungssäcken, zogen Kleider heraus, probierten Pullover und Jacken und hielten sich schönere Röcke und wärmere Hosen vor ihre Fähnchen und zerstauchten Hosen. Die Straßen waren von Wimpeln überspannt, die Masten der Verkehrsschilder in den Kurven mit Strohballen abgefedert, das Rollstuhl-Pfleger-Rennen um den Birkenstock-Pokal begann. Aus dem Asylantenheim rannte einer mit brennendem Haar und schrie, was keiner verstand, und der Straßenreiniger hielt seinen Besen hoch und rief: Hopp, und der Mann mit dem brennenden Kopf sprang. Der Herr im blauen Kapitänsblazer und dem roten Seidenhalstuch, der, einen Milchglastee zwischen den Händen, im Restaurant des Kaufhauses die ICE-Städteverbindungen des alten mit den ICE-Städteverbindungen des neuen Jahres verglich und Leipzig nicht fand, scheuerte seinen Schuh an Almas Schuh, den Alma zu sich holte, doch der Schuh des Herrn verfolgte Almas Schuh. Alma blies dem Herrn ein Zigarillo ins Gesicht. Der Herr besprühte sich mit einem Mundspray und war einen Stock tiefer plötzlich in der Reihe hinter ihr und drückte seine Schoßpistole in Almas Po, drehte ihr den Ellenbogen auf den Rücken, daß Alma vornüberknickte in den Ständer mit rotblau geränderten weißen Ärzte- und Schwesternsocken, und der Herr rief: Schamlose Diebin. Mit jedem Schritt teilten die Männer, die manns genug waren, einen spitzen Hieb aus der Mitte aus; sie griffen in ihre Taschen, in den Eingriff und durch den Eingriff hindurch; sie kratzten sich durch die Hosen; sie ließen sich Nasensträuche wachsen und sagten entweder Alles klar oder Arschloch. Den Quellenhof gab es, aber Paul dort nicht, in dessen einer Tasche seiner Jacke Alma einen Stadtplan von Rio gefunden hatte, in der anderen einen Zettel, auf den mit einem Zimmermannsblei ein dickes schwarzes Kreuz und das Wort HEUTE wie gemeißelt waren. Es lebe das Leben, es bleibt nur der Tod. Zur Bahnhofsmission nahm Alma ein Taxi.

Das Blechschild mit dem gelben Balken war an eine grüne Baracke genagelt. Aus der Kantine daneben schleppten krumm und vorgebeugt blaue Eisenbahner mit Übernachtgesichtern ihre schweren Kastentaschen und schwenkten ein Fähnlein vor sich her, der Schritt hing zerknittert und in ihm die bleiche Geschlechtswurst hinab; immer nur Angst, es könne ein Unglück geschehen, es könne das Leben vergehen, und damit verging es.

Es gab keinen Seelsorger bei der Bahnhofsmission, habe nie einen gegeben, solange, das sei nicht so lange, sie hier arbeite, beschied Alma eine sehr gerougte Dame, kompakt an allem im weißen Dienstschurz, der mit exakt gleichen Enden im Kreuz zur Schleife geschnürt war. Herrgott das Leben, sagte die mütterliche Schwester, deren Augenbrauen im Pharaonenschwung über die Schläfen verlängert waren, erst sei der Bruder verschollen, dann eine Tochter abhanden gekommen, dann der schmerbäuchige Ludermann mit einer armen, aber westlich denkenden tschechischen Emigrantin in eine ramponierte Ölmühle ausgezogen, was ihr jedoch das Lebensglück eingetragen habe, armen Teufeln helfen zu können, das einzige, was dem windigen und eindreivierteIzentnerschweren Leben, wovon hundertdreißig Liter arg verschmutztes Mineralwasser seien, einen Sinn verleihen könne, ihr Rettungsengel sei ein verlassener Verkehrsmeister der städtischen Betriebe, der auf Gemüseeintöpfe stehe wie sie, für drei Tage gekocht, und mit jedem Aufwärmen würden sie an Sämigkeit gewinnen, nun erst komme der Geschmack des Selleries voll zum Tragen, entfalte sich, blühe regelrecht auf, sie würde ein Leben ohne Sellerie nicht mehr aushalten, und die Zwiebel, gläsern gedämpft in kalt gepreßtem Olivenöl, wärme von innen, Bauch und auch Bett, ihr fleischfressender Ehemann habe sie früher genötigt, täglich Brocken toter Tiere einzukaufen beim, allein die Namen: Fleischhauer, Knochenbrecher, Schlachter, Fleischer, Metzger, die Brocken toter Tiere auf ein Brett zu klatschen, mit einem Messer abzuputzen, was für ein Aas der Mensch, dieser Gestank der Verwesung in Palmin, das Krematoriumsgebrutzel, und dann das Teilgebiß hineinzuhauen versucht, mit blutigen Zahnstochern Muskelfasern aus den goldgefüllten Backenzähnen gepult, das Hackfleischgeschmiere sei auch keine Lösung, allein der Name: Hackfleisch, Fleischvögel, Mett, ihr alter Mann, ein priapischer Phantasievögler und tatsächlicher nächtlicher Waschbeckenwichser, halte sich, der Bock, und schlachte Lämmer außer der Tschechin in der verwurmten Mühle, und Rammler, die er eigenhändig entmanne und deren Babyhoden er einlege wie Oliven, gebe es Widerwärtigeres als fettige Lammkoteletten auf womöglich provençalischen Gewürzsträuchern, der Mann komme aus dem schweißigen Trainingsanzug mit blankgewetztem Hosenboden nicht mehr heraus, dünste nach Schaf, wovon gerade eine demokratisch-marktwirtschaftlich orientierte junge Tschechin oder Polin wohl bald die Nase voll haben werde, während ihr zu Triebzeiten etwas homosexuell gewesener Verkehrsmeister die kontemplative Verschmelzung im atemleichten Schweberausch bei loser Kleidung während des Heilfastens meistere, den spirituellen Superorgasmus, Herrgott Alma, sagte die ehrenamtliche Missionsschwester, so schön kann das Leben sein oder auch nicht, stell Dir vor, Du wärst in der Sahelzone geboren worden oder in Bitterfeld oder als Kurdin, würdest, überlebtest Du, beschnitten und dann entweder von den Irakern oder Türken erschossen oder vergast oder ausgehungert, wärst zur Welt gekommen als Oberstudienrat in der Litfaßsäule neben dem Taxistand am Bahnhof, der, um es nicht zu vergessen, Alma seit langem erwarte und eine Nachricht für sie habe.

Fast für nichts stellte die Stadt für die harten Winterzeiten deutschstämmigen Obdachlosen das Innere von

Litfaßsäulen zur Verfügung und erließ dafür der Litfaßsäulenwerbefirma die Steuern. Der Oberstudienrat stand in der Litfaßsäule mit waagrecht abgespreizten Oberarmen, die Unterarme mit den Händen hingen an den engen Wänden hinunter. Sein Körper war dick in Zeitungen geschnürt. Die schützen vor Frost, erstens, und zweitens fördern sie die Unbeweglichkeit, mit der der leidige Energieumtausch gegen Null minimiert werden kann, was ihn erstens die unausreichenden sanitären Installationen in der Litfaßsäule weniger vermissen lasse und zweitens, da der Mensch eine genau bemessene Menge von Kraft, potentia vitae, habe, sozusagen tausend Schuß und keinen mehr, den Lebenshaushalt schone, so sei dank seines Stillehaltens sein Körper noch gut bestückt, würde beispielsweise der Kolibri seine Flügel so gemächlich und bedacht bewegen wie die Meeresschildkröte ihre Schwimmfüße, könnte er eines so langen Lebens wie diese teilhaftig werden, wer stark ventiliert, wird nicht alt. Der Oberstudienrat sprach deshalb leise, war aber auch schwer zu verstehen, weil er, da ihm die Schneidezähne fehlten, zischelte. Und weil er wegen der Kälte und wegen der Energieerhaltung seinen Kopf in eine mit Zeitungen ausgefütterte Tengelmann-Tüte gesteckt hatte oder hatte stecken lassen, in die für Ohren, Augen, Nase und Mund kleine Löcher gerissen waren, verklebten ihm feucht werdende Zeitungsstücke die Lippen. Mein linkes Bein ist Wirtschaft, mein rechtes Feuilleton, der Oberkörper Immobilien. Seine Erkundigungen des Menschenlebens hätten ergeben, daß von Gewohnheitsreisenden die einen, statistisch: mehr Frauen, sofort den Wirtschaftsteil in den Papierkorb neben dem Bahnhofskiosk werfen, die anderen, statistisch: mehr Männer, sich sofort des Feuilletons entledigen würden, daß der Immobilienteil von nahezu allen mit der Verlegenheit, als handle es sich um ein öffentlich vorgeführtes Peitschen-Video der härteren Sorte, angeblättert und entweder in den Wirtschaftsteil oder das Feuilleton gewickelt und weggeworfen werde. An Sack und Pack und ungewissem Trödeln als Hobbyreisende nicht zu Verkennende schleppten zu seinem Nachteil alles mit. Er selbst habe Zeitungen immer nur von hinten gelesen, also mit den Witzen und der Beilage Land und Leute von drüben begonnen, die es jetzt ja nicht mehr gebe oder sich nach Weißrußland verschoben habe, danach sei er dann stets auch aus Energiespargründen eingeschlafen. Hätte der Mann nicht, so weit sich das sehen ließ, einen roten Bügelbüstenhalter unter der Plastiktüte als Ohrschützer getragen und eine Hasenscharte gehabt, es hätte Paul sein können. Ja, Paul! Ich war nur sein einziger Freund! Da in der vermessenen Welt der Moderne, sagte die Hasenscharte, nur das Innere noch Abenteuer gewähre, hätten Paul und er sich, nach der Karatestunde noch mit gekreuzten Beinen auf den Matten des Gyms des Gymnasiums sitzend, Intimes gestanden, Gefühle zumeist gegen sich, gegenüber Frauen, aber auch Männern, Erinnerungen an Mutter, Vater, Schwester und Nichte, Paul sei ein Meister des silbernen Gürtels der Selbstempfindsamkeit gewesen. Und dann sei das Schicksal hereingebrochen, die deutsche Einigung, die Explosion und Erosion des Ostens, Irrtum, sagte der Oberstudienrat, die Außenwelt sei noch voller Unvorhersehbarkeiten, hätten sie sich in ihrer festgefrästen Sicht der Welt belehren lassen müssen, voller Risiken und Spannendem, dabeisein, am Puls der Zeit, hätten sie sich geschworen, noch Erfahrungen vor dem Tod, Zimmermannsanzüge aus festem schwarzem Manchester hätten sie sich gekauft, weite schwarze Hüte, derbe Nagelschuhe und Zollstöcke und seien, unbezahlt beurlaubt, mit dem Intercity von Bahnhof zu Bahnhof, immer genug Geld im Sack, spendeten doch gerade die abenteuerlich bepackten Privatreisenden, statistisch: mehr Frauen, in Bewunderung des mutig freien und doch soliden Zugvogelsinns selbst ergrauten Handwerksburschen reichlich, lustig hätten sie in den Tag gelebt und viel erlebt an Bahnhöfen, Rolltreppen und unterirdischen Einkaufsquartieren, Hamburg allein, hauchte der Oberstudienrat, welch homerische Irrfahrt durch die Hauptbahnhofbaustelle, wie eine Polonäse mit starkem Gegenverkehr habe sich der Zug der Zimmermannsgesellen treppauf, treppab gewunden. Dann aber sei ihm existentiell zuwider geworden, alles Überlebensnötige mit sich umherzuschleppen, dies Gewurstel im Zimmermannssack, das Gekrame in den unzählbaren Taschen eines kompletten Zimmermannsanzuges, schließlich habe er in Bielefeld die von einem ihren Ausbruch aus dem verwalteten Dasein neidlos rühmenden Intercity-Professor gestiftete Fahrkarte nach Dresden, denn mit den ersten eingesetzten Bundesbahn-Zügen sollte sie ihre Erfahrungsneugier auch ins Anschlußgebiet führen, statt in der linken unteren Westentasche und statt in der linken oberen Gesäßtasche in der Zollstocktasche gefunden, doch da sei der Zug schon abgefahren und Paul mit ihm. Zwar brauche er, erstens, das Unbedingte, aber zweitens auch, habe er eingesehen, Berechenbarkeit, Ordnung, Übersichtlichkeit. Folgerichtig sei er, erstens, völlig aus dem Schuldienst getreten, denn jeder, der sich einmal gequält habe, Schülerinnen und zumal Schülern, denen der Sinn allein nach der vermehrenden Pflege des zu erwartenden Aufbauelternerbes, nach einem schnellen Beruf, genügend Geld für Gediegenes, Eigenheim, nach ehelichem Steuersplitting mit geschützten one-night-stands stehe, gewissermaßen nach Karmann-Ghia mit Volvoüberrollbügel, Hölderlin zu vermitteln, kenne dies übelbezahlte Elend, das nicht einmal mehr mit Gewißheit zum Studiendirektor führe, Uwe Johnson sei schlimm, schlimmer: Kafka, Hölderlin aber am schlimmsten, dessen im Feuilleton der Frankfurter Zeitung zum Tag der Einheit abgedrucktes An die Deutschen er hier, versuchten der in bereifte Zeitungen fest verpackte Unterarm und die an ihm und in einer ausgestopften Plastiktüte hängende Hand zu winken, auf dem Herzen trage:

O ihr Guten! auch wir sind
Tatenarm und gedankenvoll!

zischelte die Hasenscharte wie hinsterbend im verklebten Nasenmundloch der Tengelmann-Tüte, genug, folgerichtig habe er zweitens eine von allen Branchenkennern für zukunftsreich eingeschätzte, durchelektronisierte Firma für Computerfütterung von Reitpferden von Rechtsanwaltstöchtern gegründet in Weil der Stadt und umsatzträchtig geführt, input messen, output messen, Gewicht und Trabverhalten, Ernährungsprogramm kalkulieren und den pferdenärrischen Rechtsanwaltstöchtern wie der Deibel die Reformhausleckereien für die Wallache abjagen, bis jemand, noch cleverer, das Simulationspferd für Rechtsanwaltstöchter ausgetüftelt habe, kein Ersatzpferd, vielmehr das vollkommene Simulationspferd, ein Schlager nicht nur in Weil der Stadt, warm an den Nüstern, jederzeit widerstandslos striegelbar, muß nicht kastriert werden, selbst in von Träumen überfüllten Rechtsanwaltstöchterzimmern leicht zu halten, faltbar ins Bett, furze nicht, schlage nicht aus, keine, wie man in Weil der Stadt sage, Roßbollen, falliert habe er, und so habe die Vorsehung ihn unverhofft und immer noch gottlob den Weg in das wahre Glück der unerschütterlichen Eintütung in der kommoden Litfaßsäule und in die Konservierung der potentia vitae gewiesen, nie sei ihm wohler gewesen, die Tarotkarten habe er sowieso vollständig im Kopf, nur der Fernsehanschluß fehle ihm, habe er doch in Rudi Carells Herzblatt die Strohköpfe herzhaft hassen können, die Tomographin im Zigeunerinnenrock und den parfümierten Männergleitflieger, die sich in Vorlust auf die Hubschraubertour über Höxter mit anschließendem Buchweizenpfannkuchenessen in einem Solarium abgebusselt hätten, o Hölderlin! Hölderlin!, sagte der Mann kaum noch vernehmlich, den ich so treu geliebt,

Ach Freunde! welcher Winkel der Erde kann
Mich decken, daß ich ewig in Nacht gehüllt
Dort weine? Ich erreiche ihn nie, den
Weltumeilenden Flug der Großen

habe Paul, der Rastlose, noch gerufen, während die automatische Tür des Intercitys, dessen Kurswagen nach Dresden leider alte Rappelwaggons gewesen seien, zugefaucht sei und während er selbst noch ratlos in der linken unteren Westentasche nach dem Zuschlag, den der erboste Bielefelder Professor auch noch zurückgefordert und der sich auch nicht in der Zollstocktasche befunden habe, gekruschtelt habe, man ahne ja nicht, wieviele Taschen ein echter Zimmermannsanzug habe, o Alma, wie zerbrechlich die dürftige Welt außerhalb einer Litfaßsäule, sie könne, damit sei aber sein Energiequantum für lange erschöpft, Paul in einem Intercity treffen oder im Hochgeschwindigkeitszug ICE oder, denn Konsequenz und Stil seien Pauls Sache nie gewesen, sogar in einem Interregio.

Unterwegs zu einem Kongreß über Tunnelsysteme kam der Intercity-Professor, kaufte sich die Welt, steckte sie in die Tasche seines Mantels, warf den Mantel in den Papierkorb vor dem Bahnhofskiosk, kaufte darauf, weil Alma es ablehnte, ihm seine Fahrt in der 1. Klasse durch eine Plauderei über allzu anthropologische Konstanten in den Abenteuern heutiger studentischer und insbesondere weiblicher studentischer Jugend zu versüßen, Alma ein Nahverkehrsbillett 2. Klasse nach Köln, das Alma, weil des Professors Geldbeutel in der Tasche seines Mantels steckte, selbst bezahlen mußte, und pumpte sich von Alma 100 Mark, wartete auf den Expreß nach Paris–Toulouse und wollte auf seinem datadisc-man das Beste aus De Sade abrufen, doch es war eine weibliche Sony, die sich auf japanisch verweigerte. Alma, die dem Professor den Canon-Hunderter gegeben hatte, den ihr die mütterliche Missionsschwester gespendet hatte, fuhr nach Köln mit einer längeren Unterbrechung nach der kreischend abgebremsten Ausfahrt aus dem Bahnhof Eschweiler, über deren Grund sich die erst verwirrt aufblickenden, dann langmütig weiter ihren Zeitvertreiben sich zuwendenden Reisenden bequem, da es ein belgischer Zug mit sehr weichen Sitzen und verschlossenen

Fenstern war, ein fragmentarisches Bild hätten machen können durch die Mitteilungen eines Jungen, die dieser, während er sein Gesicht schief in das zu öffnende schmale Oberlicht gepreßt hielt und aufgeregt mit seinen Schuhen einen am Fenster sitzenden Mann an die Knie trat, seiner Comics lesenden Schwester machte, worauf es der Mann vorzog aufzustehen, um sich den unbeherrschten Rücktritten des Jungen zu entziehen, und im Stehen weiterzulesen, wobei er über den Rand der Halbmond-Brille und über den Rand des Journals in den nur fast noch unschuldigen V-Ausschnitt der Schwester hinabschaute: Jetzt rennt der Schaffner am Zug entlang, jetzt rennt er wieder zurück, jetzt peest er wieder nach vorne, jetzt palavern die hinten am Zug rum, jetzt suchen sie was auf dem Bahndamm, jetzt wackelt der fette Schaffner wieder nach vorne, jetzt ist er wieder hinten am Zug, jetzt suchen die wieder, Samaritäter sind auch da, Sanitäter, sagte die Schwester, ohne aufzuschauen, jetzt tun sie was auf die Bahre, jetzt noch was, jetzt suchen sie wieder, jetzt tun sie die Bahre weg und das Blaulicht haut ab, jetzt steigt der Schaffner hinten rein und macht den Arm hoch, so jetzt gehts weiter, merk ich selber, sagte die Schwester, gähnte aus den Comics, reckte sich und bog sich dem noch immer seitlich hinter ihr vorgeblich lesenden Mann zu und sagte: Schwanz ab. Was, fragte der Junge. Du sollst Dein Gummi am Kopf festmachen, sagte die Schwester. Der Junge befühlte sein Haarschwänzchen und sagte: Blöde Tucke. Der Mann setzte sich wieder ans Fenster.

Ins winterharte kühle Land züngelten die Gletscher der Neubaugebiete, Kräne darin wie höhere Kirchtürme.

Die leichten Firmenfahnen flatterten bei jedem Wind. Fest glitt der Horizont der Hochhäuser von Fensterrand zu Fensterrand und wurde von einem Flugzeug überquert. Der Mann adressierte auf dem auf die Knie gelegten Journal Todesumschläge mit Hilfe eines elektronischen Notizbuches. Die Schwester schlief und riß im Schlaf ihren Kopf, wenn er abzufallen drohte, wieder herauf. Der Junge hatte eine Hand um das Gesicht gelegt und sah in das dunkelnde Land. In den Hochhäusern begannen die Einpersonenhaushalte zu leuchten. Die Personen knüpften mit den kleinen Abendverrichtungen den Lebensfaden zusammen und redeten bis zur Erschöpfung gut auf sich ein, sie hätten andere Ziele, als nur das Ding über seine kurze Runde zu bringen, den eingekleideten Leib, der schwerbeinig wurde und stündlich an Haut und Haaren zerging. Dann sahen sie fern. Der Zug sauste in einen Hochgeschwindigkeitskeller. Der Junge ließ nicht ab hinauszuspähen. Als der Mann die schwarz gerandeten Briefe und das Journal in die Aktentasche packte, sich anzog, wobei er den über der Brust gekreuzten Schal mit dem Kinn festhielt, und grußlos ging, legte die schlafende Schwester ihre Füße auf den Sitz des Mannes. Der Mann war zu früh aufgestanden, er kam zurück, die Schwester schlief tief, der Mann setzte sich auf einen anderen Platz, nachdem er den Mantel wieder abgelegt und den Schal durch einen Ärmel des Mantels gezogen hatte. Der Junge schaute hinaus und zappelte an den Füßen. Hochgestiefelte Soldaten in ausgebeulten grünen Arbeitshosen blieben neben der Schwester stehen und bumsten ihre Bierbüchsen aneinander. Der eine rief Tutti, der andere Frutti. Wißt ihr Praecox-Indianer was RTL heißt, fragte die schlafende Schwester. Rubbeln, tropfen, Lappen holen, sagte der Junge, ohne den Kopf vom Fenster zu wenden, in dem, wie draußen mitrennend, die matte Doppelung des Inneren des Zuges fuhr, in der alle Gesichter weich gewischt waren und aussahen, als säßen sie in einer warmen Weihnachtsstube. Der mit dem rappligen Bimmelwägelchen holperte über die Schwelle und fragte: Hätte jemand gerne einen Wunsch gehabt? Er verkaufte den Soldaten mit den langen roten Händen eine gescheitelte Kindergärtnerin aus dem Nachbardorf. Dem Jungen ein Autotelefon. Der schlafenden Schwester eine 2 in Französisch. Was Sie wollen, sagte er zum Mann, habe ich nicht, bin ich Gott! Rückwärts seinen Wagen ziehend, schlenkerte der Kellner einen Fuß verquer hinter sich voran. Die Uniform war auf die Farben des Interieurs des Waggons abgestimmt. Auf den Schultern Schuppen wie Kirschblütenblätter. Seine Zähne waren schwarz, sein tabakgelbes Gesicht hatte eine Narbe von der Stirn bis zur Nasenspitze. Er zählte die Nummern der Sitze und sagte, als er bei Alma angelangt war: Bonjour, Du bist Alma, ich bin Paul, so sieht man sich endlich. Es war unmöglich Paul. Alma fragte ihn nach dem Namen ihrer Mutter. Bin ich allwissend, fragte der Kellner zurück. Gutgut, beschwichtigte er Alma, dann bist Du Paul und ich Aribert Schleppfuß, der Gliedvorzeiger von Kilchberg. Er verkaufte Alma eine Dose Cola light, aus der, als sie die Schlaufe in die Höhe bog, wie das Teufelchen aus der Optimisticbox ein Losröllchen mit Pauls Adresse sprang. So kam Alma durchs Land.

Vor dem Kölner Hauptbahnhof wurde ein Skatebordfahrer von welchen, die sich von ihm belästigt fühlten, durch die Schuhe auf sein Skateboard genagelt. In Ulm schoß sich ein älterer Mann beim Eintreffen der von ihm alarmierten Polizei, während er vom Münsterturm stürzte, eine Kugel in den Kopf. In München starben zwei Menschen, zwei weitere erlitten schwere Verletzungen, als ein junger Mann mit einer selbstgebastelten Rakete, die bis nach Holland leuchten sollte, seine Geliebte in Amsterdam grüßen wollte; ihm selbst wurde ein Bein abgerissen. Im nordrheinwestfälischen Vettweiß schlug ein fußballgroßer Eisblock gefrorener Fäkalien aus der Toilette eines Passagierflugzeuges durch das Dach eines eben errichteten Einfamilienhauses und traf den Bräutigam eines frisch vermählten Paares im Schlaf. In Bad Kreuznach erwürgte eine 25jährige Frau ihre 76jährige Nachbarin, weil sie den Streit mit ihr darüber, ob Fußmatten vom Balkon ausgeschüttelt werden dürften, nicht mehr ertragen konnte. In Darmstadt stach ein betrunkener Verlagslektor, 61, im Streit über überhängende Holunderzweige seinen Nachbarn mit einer Heckenschere nieder. In Pirmasens erschoß ein Hausbesitzer einen Betrunkenen, der an der falschen Haustür geklingelt hatte. In Pfullingen urinierte ein 25jähriger an eine Garagenwand, weshalb der 44jährige Hausbesitzer ihn zur Rede stellen wollte, wobei er tot zusammenbrach. In Detmold verprügelte eine Gruppe von Hausierern ihren 20jährigen Kollegen, weil er faul sei und auf ihre Kosten lebe, mißhandelten ihn, fesselten ihn, schlossen ihn in ein Zimmer ein und stießen ihn in der Nacht vor einen Personenzug. In Altötting erdrosselte ein 14jähriger Schüler seine Schulkameradin und warf sie in den Fluß Alz. In Zürich stolperte ein 21jähriger über eine Getränkedose eines 23jährigen

Krankenpflegers, worauf der 21jährige und ein 24jähriger den 23jährigen an Händen und Füßen fesselten, knebelten und in die Limmat warfen, wo er ertrank. In Ho-Chi-Minh-Stadt sprang ein lebensmüdes Mädchen in den Fluß Ham, weshalb 50 Neugierige die Brücke stürmten, die unter der Last zusammenbrach und 9 Zuschauer in den Tod riß, während das Mädchen gerettet wurde. In Pforzheim lag bei einer wie lebensechten Probe des Jugend-Rotkreuzes neben der Fahrbahn ein völlig demolierter Wagen, aus dem eine blutüberströmte Person hing; zur Verwunderung des Jugend-Rotkreuzes hielt niemand an. In Schleswig riß ein Baggerfahrer, den eine Frau aufgefordert hatte, weniger Lärm zu machen, mit der Baggerschaufel die gesamte Front des Hauses der Frau auf. In Aachen überfiel ein Mann, den eine 76jährige gerügt hatte, bei Rot über die Straße gegangen zu sein, die Frau mit Schlägen eines Ledergürtels, weshalb der Mann festgenommen und zur Hauptwache gebracht wurde, wo er plötzlich vom Stuhl aufsprang und mit dem Kopf gegen eine Schranktür rannte. In Düsseldorf ertrank ein 51jähriger Millionär auf der Suche nach seiner in die Kanalisation gefallenen Geldbörse im Gully, in den er Hand und Kopf hatte zwängen können, aus dem er sich aber nicht mehr befreien konnte, als das Wasser stieg.

Der Westen leuchtete. Nur entlang des Bahndamms, seines kleinen Arsches, war kalt das Land wie Osten. Die Frau im Bahnhofs-Feinkostladen sagte, sie sei kein Wechselbüro; der Taxifahrer sagte: Die Tour kenn ich; ein Reisender mit Stadtplan lachte, sie könne alles von ihm haben; die Kioskfrau sagte: Nur, wenn Sie was kaufen. Alma kaufte die billigste Zeitung, warf sie in den Papierkorb und rief von einer Telefonzelle Pauls Nummer an. Es war ein Anrufbeantworter: Paul hatte sein Leben geändert und ist bei der Welthungerhilfe in Rio. Benutze die Wohnung, solange Du willst. Den Schlüssel kriegst Du bei der Schlachterin im Haus gegenüber. Es folgte kein Piep. Die Schlachterin war blond und freundlich, frisch von drüben. Der Schlachter doppelt so alt und breit, sein schwarz gefärbtes Haar war gerhard-schröder-streng nach hinten pomadiert. Zwei Porzellanferkel mit Hängebäuchen und Spanielohren hätten, wären sie zu hören gewesen, vor Lachen gebrüllt. Alles, was selbstgemacht war, war ohne Phosphate gemacht. Am Schlüssel hing ein Schild, auf das Alma geprägt war.

III SEHR BEDACHT

Das Haus schien von unten ein niedriges Altstadthaus zu sein, war aber vierfach aufgestockt und ausgebaut im Dach zu Einzimmerwohnungen, deren Fenster die Tür zu einer mit einer Gitterbrüstung gesicherten Andeutung einer Negativgaube war, gerade breit genug für einen Betontrog mit einer Krüppelkiefer und einen halben Kasten Malzbier. An der Wand das ungeschickte Aquarell des Mühlenfotos. Als Alma am schwarz hervorstehenden Griff die klaffenden Schranktüren aufziehen wollte, fiel ihr aus den klimpernden Kleiderbügeln ein schwarzer Mann entgegen, schwer mit seinem kahlen Kopf auf die Schulter von Alma, die des kahlen Mannes steilen schwarzen Penis in der Hand hielt. Es waren zwei nackte menschengroße Japan-Puppen. Die siebenfach weiß lackierte Frau nannte Alma Lotosblüte. Dem siebenfach schwarz lackierten Jadestempel drückte Alma den Teleskoppenis ins Körperfutteral zurück. Sie reihte die drei Stühle aus rotem geschwungenem Holz und unversehrtem Flechtwerk vor die Fenstertür und setzte sich zwischen Lotosblüte und Jadestempel. Reckte sie den Kopf oder beugte sie sich ein wenig vor, sah sie zur Seite einen Schnitz der Kreuzung, Zebrastreifen, Kiosk. In der engen Gasse schauten auf Augenhöhe vier Fenster dicht gegenüber aus der geplättelten Fassade eines alternden Apartmentneubaus zu ihnen herüber. Unter den blechernen Fensterbänken rannen Rostbahnen. Im linken Fenster hingen keilförmig rosa Gardinen, die an beiden unteren Seiten mit rosa Schleifen auseinandergerafft wurden. Das linke mittlere Fenster war blank. Das rechte mittlere war ein gelbliches Rollo. Über das rechte spannten sich zwei halbhohe weiße Häkelgardinen, auf denen zwei Schuhe mit aufgebogenen Kuppen und klaffenden Sohlen sich gegenüberstanden, aufeinanderzuzulaufen schienen unter den über die Oberkanten der Gardinen gewachsenen Blättern einer Birkenfeige.

Als Alma sich vorbeugte und dabei mit der Schuhspitze des übergeschlagenen Beines die nackte Fußspitze, an deren Nägelrändern das Blutrot abgesplittert war, des übergeschlagenen Beines der links neben ihr sitzenden siebenfach lackierten japanischen Frau berührte, sah sie unter der schwarzbraunen, etwas abgegriffenen Warze der neugierig vorstehenden Brust von Lotosblüte, daß ein Kehrwagen über die Kreuzung schliff und in den Zeilenausschnitt der Querstraße kroch wie ein ungeschlachter roter Käfer, der über die alte Last, die er sich selbst war, fortwährend stöhnte und brummte. Die Stadt drehte sich im auftauchenden Schlaf noch einmal um unter einem Himmel, der auf der Kippe stand und farblos war. Erst war es wie ein zuckender Augenschwimmer am unteren Lidrand, wie ein Zittern eines verkrümmten kahlen Zweiges der Zierkiefer am unteren durch die Brüstung der Negativgaube begrenzten Blickfeld, dann aber stürzte das Flimmern hervor, es war der Kopf, dann die sich aus der Aufsicht entfernende Rückenansicht eines Mannes in unvorhersehbarem Wechsel von Halt und Geh, ein nächtlicher Kümmerling, der, jetzt schon fast auf der anderen Seite der Straße, breitfüßig stehenblieb und schwankend seine Füße zu beschwören begann, die aber frech mal nach links, mal nach rechts, mal nach vorne und mal nach hinten schlugen, und als sich nach noch gütiger Ermahnung nicht der linke Schuh, sondern der rechte hob, blickte der Mann mit nachhängender Langsamkeit verdutzt zwischen seinen in eigener Regie die Körperschwere tragenden Füßen hin und her. In angestrengter Überlegung mit einem wie horchend schiefen Kopf hob der Mann den linken Fuß, womit er sehr zufrieden war, und stellte ihn vorsichtig voran, worauf der rechte Fuß mit solcher Plötzlichkeit folgte, daß der überrannte Oberkörper des Mannes ins Pendeln geriet, in Sturm und ein Biegen, so daß der Mann, obwohl er sich mit beiden Händen an beiden Revers seiner Lederjacke festklammerte, erst langsam sich in die Schräge neigend und fast noch auffangbar, nach Überschreitung des Schwerpunktes aber in rascher Fahrt vornüber und auf die Straße kippte und ungehemmt auf sein Gesicht geschlagen wäre, hätten seine Hände nicht noch vor dem Aufprall die Revers fahrenlassen. Der Schnapser lag auf dem Morgenasphalt wie ein frisch geweihter Priester, bis er sich aufsetzte und seine Beine entfaltete. Er suchte in den Taschen seiner Lederjacke und seiner Hose, zog endlich ein zerknautschtes Zigarettenpäckchen und ein Feuerzeug heraus. Es glückte ihm, eine verbogene Zigarette aus dem Päckchen zu zupfen, wobei er mehrmals die mit den Mühen des Haltens, Klopfens und Zupfens überforderten Hände wechselte, aber es glückte ihm nicht, das Feuerzeug so vor die Spitze der in den sich gut zumurmelnden Lippen hüpfenden Zigarette zu bringen, daß sie hätte Feuer fangen können. Mit kalter krummer Zigarette kroch der Mann ganz über die Straße und zog sich an der Tür, dann am Dach eines Autos hoch, probte den festen Stand, ließ ihm einen ersten Schritt folgen, der gleich so viele nach sich riß, daß der Mann sich eben noch am nächsten Auto abbremsen konnte, auf dessen Kühler er sich mit halbem Po setzte, sehr erschöpft, entmutigt, alle Träume der Nacht waren im Hangar des eingestürzten Leibes verschüttet. Der Kopf hing, die Hände zitterten auf den zitternden Knien. Da öffnete sich die Tür des Autos. Den bis in die Mitte seines wankenden Lebensgewissens erschrockenen Mann trieb es sofort in die Höhe, Entschuldigung rufend, Entschuldigung, und er wollte eine um Verzeihung bittende Handbewegung machen, die aber ausuferte und ihn mitriß, so daß er sich, Entschuldigung rufend, um sich selbst drehte und mit dem Rücken wieder an das Auto knallte und an der Kaskade der Lichter des Kotflügels widerstandslos hinabrutschte. Jacke und T-Shirt verfingen sich und gaben einen Streifen der schutzlos weißen Hüfte des Mannes preis, der auf die Kandelsteine des Bürgersteigs plumpste und auf das Dunkle im Schritt seiner beigen Hose schaute, das sich entlang des linken Oberschenkels, dann Unterschenkels ausbreitete. Dann brach ihm der Kopf auf die Brust. Der Schlachter hatte die Tür des Autos ganz geöffnet und stieg aus, lief um das Auto zu dem Kümmerling, dessen Kopf er anhob und, weil er ihm aus der Hand und wieder hinabrollen wollte, vorsichtig auf die Brust absinken ließ. Der Schlachter stopfte das T-Shirt unter den Hosenbund und ging ins Haus, in dessen Schacht von Glasbausteinen nach kurzer Weile das Flurlicht wieder erlosch. Johanniter holten den Nachtsturzflieger. Verlaufenes Rot floß über den Himmel, die Sonne schied sich von den Wolken, stieg auf die Dächer und schnitt einen

Schattenstrich über die Gaube, schob ihn durchs Fenster herein, über die Gesichter, die Körper der drei Schauenden und warf die Schatten ihrer Köpfe und Schultern auf den Boden, über die Fußleiste und an die Unterkante der Wand, erst die Kugel von Lotosblüte, dann Almas sich allmählich wieder munterer kräuselnde Locken, zum Schluß den Schädel von Jadestempel in einer aufsteigenden Linie, die unverfolgbar stetig von der Unterkante der Wand über die Fußleiste bis auf den Boden abrutschte.

Das blendlose Fenster wurde grellhell mit einem Knall aus Punktstrahlern, die die Zimmernacht erschossen, mit dem Triumphbogen einer schwarzen Halogenlampe, die konstruiert war wie das Schwebegerüst eines Kandinsky-Bildes. Ein junger Mann, lichte Locken und etwas Bauch in meerblauer Unterwäsche, stand bis zur Höhe seines meerblauen Geschlechtes, das seine in die Unterhose geschobene Hand kugelte, hinter dem Fenster und schaute, während er die Hand unter dem breiten Bund der Unterhose herauszog und die lattenartig geknickte Morgenzeitung entfaltete, zur Straße hinunter, schaute, während er die entfaltete Morgenzeitung aufblätterte, zum Himmel hinauf und kniffelte dabei die Augen und schürzte die Nasenflügel und sah, während er mit einem raschen Schnelzer die Seite nach hinten knickte und mit zwei Fingern den Gegenfalt kantig strich, zum Haus, in dem Pauls Wohnung war, zu Alma und den Puppen, achtete nicht auf sie, drehte sich um, setzte sich halb auf die Fensterbank, auf der nicht zum Block geschichtete Telefonbücher übereinander lagen neben einem zu einem verblassenden Blutbad verschmolzenen roten Kerzenrest in einem weißen Aschenbecher, und las, wobei er zwischendurch mit dem ins Ohr gesteckten Zeigefinger der einen Hand rüttelte, weshalb die andere Hand zusehen mußte, daß die Zeitung, in die sich Querfalten geschlagen hatten, nicht vor oder zurück kippte. Als sich der junge Mann bückte, war von ihm nur noch der meerblaue runde kopflose Buckel sichtbar, dessen Wirbelknotenkette sich zwischen den zwei auf die Kante der Fensterbank gedrückten halben meerblauen Pobacken verlief, bevor er sich wieder ergänzte mit einem schief zur Schulter geneigten, an einem Telefonbügel klebenden Lockenkopf, der sich wieder der mit einem scharfen Luftschlag umgeblätterten und in Kinnhöhe gehaltenen Zeitung zuwendete. Nachdem der junge Mann Teil für Teil der Zeitung hatte fallen lassen, ging er zur weißen Arbeitsplatte, zeigte seine nackten, kraus behaarten Beine, setzte sich, noch immer den Telefonknochen zwischen Ohr und rechter Schulter, vor den Computer, auf dessen manchmal durch den über die hohe Lehne des Drehsessels ragenden Kopf des jungen Mannes verdeckten Bildschirm eine eilige, eilig abbrechende, eilig sich fortsetzende Bewegung begann. Der junge Mann hatte den Telefonbügel neben den Computer abgelegt und den Ausschnitt des Fensters verlassen, in den er wenig später zurückkehrte unter dem Schirm einer giftgrünen Baseballmütze, mit zwei mit Mondrian-Rechtecken gezierten Ärmeln, mit einer footballförmigen Styroporhantel in der rechten Hand, die von der rechten Hand in einer langsamen Achtelkreisbewegung vom Sims des nun geöffneten Fensters bis über die Höhe des Schirms der Baseballmütze hinaus hinter den oberen Rand des

Fensters gehoben wurde, während die ausgestreckte linke Hand eine andere footballförmige Styroporhantel in einer langsamen Achtelkreisbewegung vom oberen Rand des Rahmens des Fensters bis unter den Fenstersims sinken ließ, und während auf dem Bildschirm die gestoppten eiligen Bewegungen verharrten.

Als sie ein wenig die Köpfe anhoben oder vorbeugten, sahen sie, wie eine junge Frau in einer schwarzen Jacke auf sehr schenkel- und wadenengen großgeblümten Hosenstangen vor dem Zebrastreifen wartete, die linke Hand mit der Zigarette in Hüfthöhe leicht abgeknickt. Sie spuckte etwas aus. Der Berber stand von der halb in die Büsche gerückten Bank neben dem Kiosk auf. Aus dem Kiosk lehnten sich ein Mann in blauem Kittel nach links, eine Frau in blauem Kittel nach recht hinaus zu den auf dem Frontbrett des Kiosks ausliegenden Zeitschriften, sie glitten mit fixen Fingern in schnell größer werdendem Abstand voneinander über die Tastatur der aufgebogenen Rücken der Zeitschriften und richteten sie gerade. Der Berber hatte ein auch vom Frost rotes Kluftgesicht, trug einen zu weiten ungefütterten Bundeswehrparka und ein zu knappes Hütchen mit der Feder eines Eichelhähers unter der speckigen Kordel. Er rannte fast zu dem, was die junge Frau ausgespuckt hatte, hob es auf, lief mit vorgestreckter Hand hinter der jungen Frau her, hielt es rufend oder vielleicht sogar schreiend der jungen Frau nach, die einen verlegen langen Zug aus der Zigarette sog, den Qualm seitlich mit schiefen Lippen wegblies und rückensteif rasch weiterlief, ohne sich noch einmal umzudrehen. Der Berber stand auf der Mitte des Zebrastreifens, empört die Arme ausgebreitet, als habe ein Weltmeister einen Elfmeter verschossen, wich vor den anrollenden Autos rufend und vielleicht sogar schreiend und ging zum Papierkorb, der als Viereck aus starken braunen Balken gefertigt war, warf etwas in überhöhtem Bogen hinein, ging, kehrte sich wieder um und tat so, als würfe er etwas wie in didaktisch zerdehnter Wiederholung in einer Fernsehberatung in den Papierkorb, oder er warf tatsächlich etwas in den Papierkorb und hatte beim ersten Mal, um den Vorgang didaktisch wie in einer Fernsehsendung wiederholen zu können, nichts in den Papierkorb geworfen.

Der junge Mann trat in den Ausschnitt des gleichmäßig hellen Fensters und las, nun seitlich mit halbem Po auf der Fensterbank sitzend, ein Jeansbein mit einem Nike-Fuß auf das Fensterbrett gestützt, eine gefärbte Zeitung flüchtig und setzte, nachdem er sie kräftig geschüttelt hatte, eine Aluminiumdose an die Lippen, bog den Kopf, ohne die Augen von der Zeitung zu heben, zurück, der Adamsapfel schluckte. Auf seinem weißen, nicht in die Hose gesteckten T-Shirt war in großen Druckbuchstaben SUPER PAPY zu lesen. Das Rollo des dritten Fensters blieb herabgelassen, und nichts bewegte sich hinter den halben Gardinen des vierten Fensters, auf denen sich die gegenübergestellten Wanderschuhe nach einem Kuppenkuß zu sehnen schienen. Doch war in die dreieckig geöffnete rosa Gardine des ersten Fensters die lebensechte Büste einer alten Dame so gestellt worden, daß im Kreuzungspunkt der Linien der schräg herabfallenden Gardinen ein kleines Dreieck orangenen Haares ausgeschnitten wurde, das mit seiner

Basis knapp über den Augenbrauen, die zwei exakt gleichlange dünne Stiftstriche waren, eine gerade abgeschnittene Linie zog. Aus dem Gesicht der Büste, das mit seinen vielen Parallelfalten, feinen Deltafurchen, seinen Wangenmatten und seiner abgeschliffenen krummen Nase wie ein aus sehr hoher Flughöhe betrachtetes, in seine Kinngrenze auslaufendes Gebirge hätte aussehen können, wenn es aus größerer Nähe hätte betrachtet werden können, leuchtete eine schwarze undurchsichtige Brille, die an beiden oberen Ecken in mit Glasdiamanten besetzte Katzenohren gipfelte. Die Schultern der Büste der alten Dame waren mit einer Strickjacke bekleidet und dem an den Außenseiten eichenblattähnlichen, an den Innenkanten einen geraden und spitzen Ausschnitt formenden Kragen einer Bluse, der von einer von den Rillen der Halshaut über- und unterstrichelten Kette dicker weißer Perlen verbunden wurde. Blinkte die Sonne durch die Wolken, feuerten die Glasdiamanten wie sehr ferne Sterne. Schien die Sonne blau, waren in den gardinenlosen, doch von den in Staub, Auto- und Kaminruß getrockneten Regentropfen wie mit einem Tupfenschleier verhängten Fenster die gelegentlich unter und auch neben dem Rollstuhl fuchtelnden Nike-Schuhe und die Ränder der blauen Jeans des zwischen dem hohen Schreibstuhl und dem Computer kaum sichtbaren jungen Mannes nur wie durch Filter fotografiert erkennbar, dann war die rosa Gardine ganz zur Seite geschoben, war die Büste des alten Brillengesichtes ins geöffnete Fenster und vor die Mitte des zwischen zarten Holzstreben verglasten schwarzen Bücherschrankes gerückt, in der in gleicher Höhe sich große dunkle Bände lückenlos reihten und die von zwei schmalen glaslosen Seitenteilen eingefaßt wurde. Zwischen dem Bücherschrank und dem linken Rand der rosa Gardine hing in einem kinderwannengroßen schwarzen Rahmenoval ein schwarzweißes Fotoporträt eines am zu zweidritteln sichtbaren Lippenkinnbart erkennbaren Mannes, zwischen dem Bücherschrank und der rechten Seite des Fensterrandes stand die angeschnittene Front eines Klaviers, aus dessen Stirnseite zwei bronzene Leuchter ohne Kerzen über den geschlossenen Deckel ragten.

Gegen Mittag war die Büste der alten Dame weggenommen, waren die rosa Gardinen bis zu ihrer gewöhnlichen keilartigen Öffnung zugezogen, standen manchmal die Beine des jungen Mannes aus dem in einem spitzen Winkel zum Computer gedrehten Sessel, und ließ sich aus den Bewegungen des rechten Armes sowie aus dem neben den Computer gestellten Teller, der Schale, der geknüllten Tüte oder bunten Verpackungen schließen, daß der junge Mann, ohne seine Arbeit an dem verdeckten Text oder den verdeckten Zahlen zu unterbrechen, aß, wurde, während die sich zugekehrten Wanderschuhe vor dem gleichbleibend dunklen Hintergrund einzustauben schienen, das gelbe Rollo des dritten Fensters hochgezogen, so daß zuerst ein Kleid, dann das auffallend blonde Haar der Schlachterin darunter hevorkamen. Gegen Mittag näherte sich der etwa acht Jahre alte Junge immer in grüner Hose mit umgeschlagenen Fußsäumen und in einem mit dem Siegel einer vermutlich amerikanischen Universität geschmückten Sweatshirt mit seinem Lederfußball, den er unter dem Arm trug wie ein Heiliger seinen Kopf, warf den Ball an den Kiosk und trat, immer hüpfend und laufend, den zurückprallenden Ball mal mit der linken, mal mit der rechten Schuhspitze, mal mit dem linken, mal dem rechten Innenrist, dann mal mit dem Hacken so, daß der Ball von der Wand des Kiosks an einen Fuß des Jungen, von dort an den Papierkorb aus dunkelbraunen Holzlatten, von dort an einen Fuß des Jungen, von diesem an den Eisenfuß der Bank sprang oder von der Wand des Kiosks an den Eisenfuß der Bank, von dort an die Wand des Kiosks zurück, von dort an einen Fuß des Jungen, von dem an den Papierkorb, von dem an den linken oder rechten Fuß des sich gerade drehenden Jungen, der den Ball so scharf über den Zebrastreifen schoß, daß er durch die Lücke der vorbeisausenden Autos an den Randstein der Straße prallte und von dort in hohem Bogen über die vorbeisausenden Autos zurückkatapultiert wurde auf den Kopf oder die vorgewölbte Brust oder den linken oder rechten Oberschenkel des Jungen, der darauf seinen Ball an enger Leine über den freigegebenen Zebrastreifen und zwischen die Banden der Wände, Laternenpfähle, Autoräder, Poller hindurch in die Querstraße hinein rollen und springen ließ, aus welcher der Junge, den Ball sicher zwischen und um seine Füße, zurückkam mit einem Dreierturm Clopapier, einer Tüte Milch, mehreren Flaschen Bier im Arm, und während er am Kiosk Zigaretten kaufte, kreiste der Ball wie ein trödelnder Dackel um den Kiosk. Sonntag war, wenn die Männer in gestreiften Sport- oder Hausanzügen und Turnschuhen am Kiosk eine Zeitung aus dem Automatenkasten zogen und in der Ruhe der Straße das Prallen des Balles des Jungen zu hören war.

Keine bemerkbare Bewegung im Fenster oder hinter den Gardinen, den Blättern der Birkenfeige; keine Falte in den nicht zueinanderkommenden Vagabundenschuhen mit den gehäkelten lechzenden Sohlen war neu oder verschoben. Stand die Büste der alten Dame nicht im Dreieck der teils oder im Fensterviereck der ganz geöffneten rosa Gardinen, dann wurde sie von die Griffe im Rücken der Büste umfassenden Händen, die einmal zu einer älteren Frau in einem Schurz, dann wieder zu einem jungen Mann in einem Rollkragenpullover, dann wieder zu einer jüngeren Frau mit einem bunten weichen Tuch um Hals und Schultern gehörten, in ruhiger gleichmäßiger Bewegung entweder zum Fenster hingedreht oder vom Fenster weggedreht, um mit dem nun seitlich sichtbaren Gesicht mit der schwarzen Brille und der bekleideten Schulter in einem Rollstuhl aus Stahlrohren und bläulichem Tuch, aus dem die mit einer roten Decke umwickelten und von einem Fußbrett gestützten vermutlichen Beine hingen, unter einer Leselampe mit plastikgelb gerüschtem Schirm stehenzubleiben, bis stets die ältere Frau in stets einem weißen Schurz den Rollstuhl mit der alten Dame aus dem Ausschnitt des Fensters schob, worauf wenig später die Schattengeschichten des Fernsehers begannen, die verschluckt wurden von den von beiden Seiten zugleich oben zugerissenen, unten verzögert nachschwingenden Übergardinen. Saß der junge Mann nicht mit dem Rücken zum Fenster im Rollsessel vor dem Computer oder, telefonierend oder lesend oder essend oder trinkend oder mehreres zugleich oder, die Hände über den Locken auf dem Hinterkopf gefaltet und die Füße weit in den Raum gestreckt, auf einen wahrscheinlich auf dem Boden stehenden Fernseher mit Antennenhörnern schauend, mal seitlich links, mal seitlich rechts im Rollsessel neben dem mit den Händen erreichbaren Computer, dann saß er am Fenster und las oder telefonierte oder aß oder trank, oder er hob die Hanteln, oder es war wie auf einen Stromausfall plötzlich alles stockduster. Hatte die Schlachterin das Rollo am Fenster hinaufgezogen, dann war es möglich, daß sich die Schlachterin mit einer Person schnell durch den Ausschnitt des in der frühen Dämmerung schon halbdunklen Fensters bewegte, wonach in aller Regel die fremde Person an das Fenster trat, es öffnete, nach links schaute, nach rechts, hinab, auf das gegenüberliegende Haus, um darauf das Fenster wieder zu schließen und meist das Licht anzuzünden und das Rollo hinabzulassen, das am anderen späten Morgen oder mehr noch Mittag, wenn der junge Mann längst zwischen dem Bürosessel und dem Arbeitstisch nahezu verschwunden war, und wenn die Büste der alten Dame noch unter oder zwischen den rosa Gardinen stand, für kurze Zeit wieder hinaufgezogen wurde von der sich dabei von der Hüfte bis zum blonden Kopf zeigenden Schlachterin, die das Fenster öffnete, in dem dann der sich über einen wahrscheinlichen Staubsauber beugende Rücken der Schlachterin und sich ihr hin und her wendender blonder Kopf zu verfolgen waren, bis das Fenster wieder geschlossen und das Rollo herabgelassen wurden, das in einem raschen Fall den blonden Kopf der Schlachterin abschnitt und dann nichts mehr von ihr zeigte.

Von der lauten männlichen Stimme konnte Alma nur einen Hut sehen und den Rücken einer dunkelblauen

Anzugsjacke, deren straff sitzender Poschlitz aufklaffte, so oft die den Straßenlärm sicher überbietende Stimme zu einem bis in Huthöhe hochgehaltenen Gegenstand rief: Was tun Sie, wenn Ihnen mitten in Ihrem Vortrag der Kugelschreiber hinfällt? Was tun Sie, wenn das Mikrofon ausfällt? Was tun, rief die Stimme noch lauter, wenn bei einer Trauerrede mittendrin Ihre Stimme versagt? Mit wie vielen Leuten sollten Sie während Ihrer Rede Blickkontakt halten, und mit welchen, rief der Hut, während die Leute vor dem Zebrastreifen warteten oder über den Zebrastreifen gingen oder kamen. Oder wollen Sie etwa nicht zum Sonderpreis von DM 50 wissen, wie Sie kostenlos zu einem echten und ganz legalen amerikanischen Doktor-Titel kommen und zinslos bis zu 150 Millionen Mark pumpen, wo Sie zu 90 % billiger Sport betreiben können, in welchem europäischen Staat Sie ein neues Leben beginnen und traumhafte Häuser zum Nulltarif erwerben können, wie Sie Waren aller Art 144 % billiger einkaufen und rund um den Erdball kostenlos Urlaub machen können, und als Dankeschön erhalten Sie noch einen Presseausweis. Als ein junger Mann bei Rot ging, hielt ihn eine Frau fest und zerrte ihn auf den Gehsteig zurück, worauf die zwei Kinder der Frau bei Rot, aber nach links und nach rechts schauend, über den Zebrastreifen rannten. Sprang die Ampel auf Rot, zogen oder schoben Männer ihre Frauen eilig entweder an der Hand oder an der Schulter oder am Unterarm oder an der Hüfte oder am Hosen- oder Rockbund oder mit der auf dem Po der Frau liegenden Hand über den Zebrastreifen, wobei die Frauen, wenn sie den Daumen in eine Schlaufe des Hosenbundes oder des Mantelgürtels des Mannes gehängt oder wenn sie mit einer Hand den Po des Mannes bekreist hatten, die Schlaufe oder den Po des Mannes losließen und oft halbherzig versuchten, sich trippelnd dem Schritt der vorausschreitenden Männer anzupassen, um auf der anderen Seite der Straße, wenn die Männer langsamer geworden oder sogar stolz lächelnd stehengeblieben waren, die Männer durch die Menschen geradewegs und unbeirrt um Entgegenkommende, um ein mögliches Ausweichen oder Stehenbleiben oder gar Vorlassen zu einem Schaufenster zu ziehen, zumeist an der Hand, manchmal an der Manteltasche oder am eingehakten Arm. Beide rasch gegen das eben aufleuchtende Rot der Fußgängerampel antretend, fuhren eine ältere Dame auf einem City-Bike und eine Schülerin auf einem Sportrad ineinander, stürzten mitten auf dem Zebrastreifen verkeilt um, und die Schülerin brach sich das Becken.

Zuweilen, wenn das Rollo am Fenster des Fremdenzimmers der Schlachterin am späten Nachmittag kurzzeitig geöffnet war, und nachdem die an ihren blonden Haaren erkennbare Schlachterin durch den einsehbaren Ausschnitt des Zimmers hin und her gegangen war und die Schranktüre auf und wieder zu und die Türe zum vermutlichen Bad, von der, wenn sie ganz geöffnet war, nur ein langer schmaler Streifen mit dunkler Klinke zu sehen war, ganz geöffnet hatte, und nachdem die Schlachterin sich von der im Zimmer oft wie stehengelassenen Person mit einer fast nicht so zu benennenden Verbeugung verabschiedet hatte, und nachdem die wie mit sich verlorene Person in aller Regel erst einmal das Licht angezündet, in ihrem Koffer oder ihrer Tasche gekramt und auf dem Weg zum vermutlichen Bad oder auf dem Weg aus dem vermutlichen Bad, sich besinnend, ans Fenster getreten war und das Rollo, sei es nach einem kurzen Blick hinaus, sei es ohne einen kurzen Blick hinaus, mit der in der Mitte des Rollos an einer Schnur herabhängenden Kugel vor das Fenster gezogen hatte, saß der junge Mann vor dem Computer oder sah, für die Puppen und Alma seitlich ausgestreckt im Sessel, zum Boden und auf das höchstwahrscheinliche Fernsehgerät mit den Stahlsteckenohren oder las oder telefonierte oder stand, denkend oder nicht, im Zimmer, beide Hände in beiden Gesäßtaschen seiner Jeans gestopft, manchmal so, daß sich sein Bauch unter dem P und Y des SUPER PAPY vorwölbte, während die müden Vagabundenstiefel auf den halben Gardinen unter den Zweigen der ledrigen Birkenfeige vielleicht weiter vergeblich sich nach einer Bewegung zu verzehren schienen.

Zuweilen, wenn der junge Mann sich, seit geraumer Weile schon den Telefonknochen zwischen niedergedrückter Backe und hochgezogener Schulter, mit seinem Rollsessel vom Arbeitstisch abgestoßen und den Telefonhörer in die Hand genommen hatte und auf ihn, wobei er den Rücken zurückwarf, so daß Lehne und Sitz des Rollstuhles zurückwippten, einsprach, als wolle er ihn Stück für Stück abbeißen, während das Rollo des dritten Fensters gelblich hing und nichts freigab, und während niemand die Wanderstiefel am vierten Fenster putzte oder aus dem Fenster nahm, kratzten die wachsfarbenen Handschuhhände der mit einem im Rücken breit und kreuzweise gebundenen Schurz bekleideten älteren und starken Frau in empfindsamem Auskrallen und vorsichtigem Zurückkrabben der Finger die Schulter der seitlich ins Zimmer geschobenen Büste der alten Dame, den rilligen Hals hinunter an beiden Seiten, über die Schultern hinaus unter die beiden Kragen der Bluse, ein bis zu den Rändern der Handschuhe reichendes Stück in den Rücken hinab, um darauf mit einem föhngroßen, aber mit einem überföhngroßen Schnabel versehenen Handsauger vor allem in den Rücken der Büste zu rüsseln, auch unter die Schulterkragen, auch ein wenig und vielleicht scheu in den Ausschnitt der Bluse unter der Strickjacke, wonach die Gummihandschuhhände mit einer pinselfeinen Bürste die Schuppen aus dem Ohr der alten Dame auf eine frühstückstellergroße Schüppe fegten, um dann aus einer Tube Salbe auf beide Seiten des Halses, in den Nacken, über und unter die Perlenkette, auf die Schultern bis unter die angehobenen Kragen der Bluse zu drücken und mit sacht kreisenden Fingern zu verteilen, wobei keine auch nur geringste Bewegung des Kopfes der Büste der alten Dame festzustellen war. Es war Alma, als sähen die Puppen sich in allen Fenstern, auch in denen, die sie nicht sah, als fernes, aber mögliches Bild.

Zuweilen, wenn der junge Mann aufgehört oder es aufgegeben hatte, den Telefonknochen von der einen in die andere Hand zu wechseln, fast zu werfen, um sich mit der einen, dann wieder anderen Hand durch das lange lockige, womöglich etwas ungewaschen fettige Haar zu kämmen, die Haare zu ziehen, zu zerren, die Kopfhaut zu kratzen, ja sich wie an den lockigen Haaren aus dem Bürosessel hochreißen zu wollen, den Hörer weit von dem Alma und den Puppen zugewandten Ohr wegzustrecken, wenn der junge Mann den Fernsprechbügel abgelegt und am Arbeitstisch, unter den er sich gerollt hatte, wahrscheinlich zu arbeiten begonnen hatte, wobei er den Hörbügel wieder aufgenommen und zwischen Backe und Schulter eingeklemmt hatte, wechselte die junge Frau mit dem weit und locker um Hals und Schulter gewundenen Tuch die orangene Perücke auf dem mit einem fast chemieweißen Flaum bedeckten Schädel der Büste der alten Dame gegen eine orangene und etwas kürzer geschnittene Perücke aus oder schnitt den aus dem Schoß des nahe ans Fenster geschobenen Rollstuhls gehobenen und deshalb mit ihren aprikosenen wie bräunlichen Fleckenflächen deutlich sichtbaren Vogelhändchen der alten Dame, die Almas Mutter einmal, aber auch Alma selbst irgendwann hätte sein können, die Nägel der einzeln zwischen Daumen und Zeigefinger der linken Hand gelegten Finger, rundete sie darauf zu glatten Bogen mit einer Nagelfeile ab, pustete jeden rundgeschliffenen Fingernagel ab, lackierte mit einem streichholzgroßen Pinsel die gilben Fingernägel der alten Dame farblos, wobei sie mit der unverwandt starr und schwarz zu Alma und den Puppen herüberschauenden Büste der alten Dame zu reden schien. Zuweilen, wenn das rechte Schuhfenster war, wie es immer gewesen war, wenn ein früher Gast im Zimmer der Schlachterin noch kein Licht angezündet und das Rollo an der hinabhängenden Kugel noch nicht hinabgezogen hatte, sondern auf dem zur Hälfte einsehbaren Sessel am Rauchtischchen ohne Aschenbecher vielleicht den Stadtplan der Stadt las, vielleicht seine Bewerbungsunterlagen, vielleicht einen Abschiedsbrief, womöglich auch einen vielseitigen großen Ratgeber für alle Fälle der Welt, und wenn der junge Mann, noch immer im SUPER-PAPY-Shirt, sich brüsk mit seinem Rollsessel aus dem Ausschnitt des Fensters hinausgestoßen und in den Ausschnitt des Fensters zurückgestoßen hatte und, während über das stehende Bild des Computers Wellen liefen, als sei in einem Film ein Fernsehbild gefilmt worden, den Zeigefinger der linken Hand in das Alma und den Puppen zugewandte Ohr steckte und an ihm rüttelte, als wolle er ein Hallenbad aus dem Ohr schütteln, schob der junge Mann im Rollkragenpullover die Büste der alten Dame vor das Klavier, klappte den Klavierdeckel hoch, klappte den an der Innenseite des Klavierdeckels angebrachten Notenhalter herunter und stellte ein dickes schwarzes Notenalbum darauf, dessen Seiten er, nachdem er Kerzen in die beiden Kerzenhalter gedreht und angezündet hatte, die schwarze Brille der Büste der alten Dame nicht aus den Augen lassend, umblätterte, worauf er das Notenalbum schloß – bedächtig, als horche er einem Klingen in sich nach. Darauf schenkte der junge Mann im Rollkragenpullover zwei hochstielige, am Kopf nur eierbechergroße und, denkbar, eingestaubte Gläser voll mit einem beißgrünen Likör oder auch Minzesirup, führte ein Glas an die Lippen der Büste der alten Dame, während er mit der anderen Hand den Nacken der alten Dame langsam nach hinten bog. Der junge Mann nahm das Likör- oder Sirupglas von den Lippen der Büste der alten Dame und griff aus der ovalen Blechdose eine ovalplatte filterlose Zigarette, die er ansteckte, anrauchte, dann der alten Dame unter die pharaonenleichnamhaft gebogene Nase hielt.

Einmal war in der Telefonzelle neben dem Kiosk der an die Innenseite der Tür der Telefonzelle gedrückte Rücken einer jungen Frau in einem schwarzen Mantel zu sehen, die einen schwarzen Schuh mit silbernen Schnallen auf die Blechablage gestellt hatte und, wenn sie nicht sprach, aber auch wenn sie sprach, an einer Zigarette sog. Ein Mann umrundete in Sprüngen die Telefonzelle, er trug einen bis zu den Waden reichenden beigen Staubmantel, der, wenn der Mann im abrupten Zickzack zwischen Kiosk und Telefonzelle auf den Zehen herumschnellte, wobei er beide Hände klagend in die Höhe hielt, an seinen Schwänzen auf und nieder flog. Der Mann trommelte an die Tür der Telefonzelle. Die Frau kümmerte sich nicht darum und drehte sich nicht um. Der Mann riß an der Tür, die schwarze Schulter der Frau drückte von innen dagegen. Der Mann setzte sich neben den verkrümmt schlafenden Berber auf die halb in die Büsche gerückte Bank und stieß mit der Ferse seines wütend zurückgestellten Lederschuhs eine leere Bierflasche unter der Bank um. Der Mann rannte zur Telefonzelle, riß mit einem Ruck die Tür auf, so daß die junge Frau rücklings heraustaumelte und den Telefonhörer losließ, der vom schwarzen Kasten an der schwarz geringelten Schnur herabbaumelte. Als sich der Mann an der Frau vorbei in die Telefonzelle preßte, zog die junge Frau einen Spray aus der Tasche ihres schwarzen Mantels und versuchte, dem Mann durch den Spalt der von dem Mann zugezogenen Tür der Telefonzelle, den die junge Frau mit ihrem Schnallenschuh offen hielt, ins Gesicht zu sprühen. Der Mann trat auf den Schuh der Frau und hielt den Ellenbogen vor sein Gesicht.

Einmal lief auf schwarzen Schuhen mit blitzenden silbernen Schnallen eine junge Frau in Jeans, grauem Jackett und rotem Rollkragenpullover durch den sichtbaren Ausschnitt des Zimmers des jungen Mannes, bückte sich hier und da, als sammele sie etwas, redete barsch mit den Händen zum jungen Mann, der auf dem Boden kniete, seine Hände hob, seinen Oberkörper zurückbog, seinen Oberkörper vorbog und seine Handflächen auf den Boden klatschte, worauf mit flatternden Ohren ein kleiner schwarzer Hund in den Ausschnitt des Fensters tollte und dem jungen Mann vor die Brust sprang, ihm das Gesicht küßte und leckte, dem der junge Mann lachend zu entkommen versuchte, indem er sich hintüber fallen ließ und den Hund, der mit der weit vorgestreckten Schnauze und Zunge das Gesicht des nun liegenden jungen Mannes zu erreichen suchte, an den Vorderbeinen von sich stemmte.

Einmal saß eine schwarz gekleidete Frau mit schwarzem Borsalino auf der in die Büsche gerückten Bank neben dem mit eingezogenen Knien auf und unter ausgebreiteten Zeitungen vermutlich betrunken schlafenden Berber und schaute zu Alma und den Puppen herauf und winkte, ob lachend, war nicht genau zu erkennen. Einmal war es ein schwarz gekleideter Mann mit schwarzem Borsalino, der heraufschaute und lachend winkte, sofern das so genau zu erkennen war. Einmal sahen aus dem lichten Schlitz des nicht ganz geschlossenen Rollos am Fenster des Zimmers der Schlachterin Alma oder die Puppen schwarze Fernglasaugen an. Einmal saß am Rauchertischchen ohne Aschenbecher hinter dem Fenster der Schlachterin ein junger Mann im dunklen Anzug und betete mit gefalteten Händen, während ein junger Mann im dunklen Anzug vor ihm stand und ein aufgeschlagenes Buch auf der Hand hielt. Einmal packte ein Matrose aus seinem bänderbeschlagenen und bunt beklebten Koffer ein Skelett und hängte es in den Kleiderschrank, Kopf und einzelne Knochen legte er darunter. Einmal spielte im Zimmer der Schlachterin eine Frau Querflöte, sie schwenkte den Kopf und den Oberkörper hin und her, vor und zurück, als glücke ihr nicht, mit beiden Händen die an der Unterlippe festgeklebte goldene Flöte fortzureißen, und sie spielte in die das Fenster der Schlachterin füllende Dunkelheit, bis diese die Spielerin ganz eingeschwärzt und entführt hatte. Einmal standen nebeneinander ein greiser Vater und sein ebenso rundlicher Sohn am offenen Fenster des Zimmers der Schlachterin in gleichen schweren schwarzen Westen und rauchten aus gleich saxophonähnlich gebogenen Pfeifen, schauten nirgendwohin und hielten jeder einen Walkman in der Hand, und die Bügel der Kopfhörer glänzten auf den gleich blanken Glatzen der Männer, aus deren Münder kleine Wölkchen stiegen, die der Halbfigur des Vaters nach links, die der etwas höheren Halbfigur des Sohnes nach rechts. Einmal stand ein ältlicher Mann mit einem verquollenen Jungengesicht in einem froschgrünen Greenpeace-Pullover am Fenster und zeichnete, dabei mit zugekniffenen Augen rauchend und immer wieder ein Rotweinglas an die Lippen hebend und in den Mund leerend, in ein schwarz gebundenes Skizzenbuch ganz gewiß Alma zwischen den Puppen im Rahmen des Fensters von Pauls Wohnung, schlug das Skizzenbuch unwirsch zu und fotografierte, die Pocketcamera in der ausgestreckten Hand, seinen nicht nur von der Kälte rot aufgeblühten Kopf im Rahmen des Fensters der Schlachterin vor Pauls Haus im letzten Licht. Einmal stand eine Frau in einem wadenlangen marienblauen Mantel mitten im Zimmer der Schlachterin, und ein schlanker Anzugmann mit kantigem Existentialistenbart rollte ein gelb geblümtes Wachstuch auf dem Boden aus, auf das sich die Frau im weiten blauen Mantel stellte, und dann kam der Mann, nackt bis auf seinen Bart, in den Fensterausschnitt auf allen vieren gekrochen und drehte sich zwischen den gespreizten Beinen der Frau unter dem Mariengewand auf den Rücken, während die Frau eine nicht identifizierbare Zeitschrift las, die sie in der einen Hand hielt, mit der anderen Hand hob sie vorne das blaue Cape an, und aus dem gerafften Saum des himmelblauen Mantels fiel ein Batzen vermutlich Kot auf die grau behaarte Brust des Mannes, dann sprudelte ein Bogen vermutlich Urin auf Brust und Gesicht des Mannes, dann patschte noch ein Nachklacks Kot, dann tröpfelte Urin nach, während die Frau ungerührt las, worauf der Mann, dessen Gesicht aussah, als habe er sehr geweint, den Kot vermutlich der Frau auf seiner Brust verschmierte, auf seinem Bauch, um das liegende Geschlecht, und da beugte sich die Frau hinab und streichelte das von vermutlich ihrem Urin besprengte Gesicht des Mannes mit dem feinen Rücken ihrer Hand leichthin, um sich darauf wieder aufzurichten und so weit den Oberkörper, ohne den gespreizten Stand über dem unter ihren wieder hinabgefallenen Himmelsmantel schauenden Mann aufzugeben, zur Seite zu biegen, daß sie die Kugel an der von der Mitte des Rollos hinabhängenden Schnur erreichen und das Rollo vor das Fenster ziehen konnte.

Einmal war eine Sirene zu hören, und als Alma oder die Puppen oder alle sich vorbeugten oder den Kopf reckten, sahen sie, wie aus dem Notfallwagen zwei Männer in weißen Kitteln stiegen. Der eine Mann ging zur Hintertür des Wagens, die er aufklinkte und deren Flügel er ganz zu den Seiten klappte, aus der er eine stählerne, mit weißen Tüchern, grauen Gurten und einer dunklen Decke belegte Liege herauszog, deren Ende er auf den von Kaugummis wie taubenbeschissenen Asphaltboden neben dem Kiosk absetzte. Dann folgte er dem anderen Mann, der zu dem mit dem Oberkörper auf die Plastiklattenbank mit den Eisenfüßen gekippten Berber gegangen war und, nachdem er die Zeitungsblätter und Plastiktüten und Plastikfolienfetzen vom Kopf und Oberkörper des Berbers weggewischt hatte, versuchte, den Berber aufzurichten. Doch der Körper des Berbers sank auf die Bank zurück. Die Sanitäter gingen zum Notfallwagen, zogen die Liege ganz heraus und trugen sie zur Bank, vor der sie die Liege abstellten. Einer der Männer faßte unter die Achseln des Berbers, wobei sein Bauch den Kopf des Berbers auf dessen Brust drückte, während der andere Sanitäter unter die Kniekehlen des Berbers griff. Sie hoben den zwischen ihnen durchhängenden Berber auf die Liege, ließen ihn sehr vorsichtig auf die Liege hinabsinken, den in der Körpermitte hinunterhängenden Parka zuerst, dann legten sie die Füße gerade auf das Fußende der Liege, gurteten die Arme des Berbers und die über seinem Bauch gekreuzten Hände, breiteten die dunkle Decke dem Berber bis unter das Kinn. Sie trugen die Liege mit dem Berber, dessen Kopf etwas zu wackeln schien, zum Auto und schoben sie ganz hinein. Der Kioskmann führte die

Kioskfrau, die den schmutzigen Rucksack des Berbers und das knappe Hütchen mit der Feder eines Eichelhähers in den Händen hielt, durch die Seitentür in den Kiosk hinein, wobei er sie, seinen Kopf an ihren Hals legend, an den Schultern von hinten umarmte. Eine Frau zog einen Kofferkuli mit zwei Kästen Mineralwasser oder auch Tafelwasser über den Zebrastreifen, in der anderen Hand schleppte sie eine pralle Plastiktüte, deren Griff riß, so daß Rosenkohl aus der Plastiktüte und zu beiden Seiten des Fußgängerüberweges kullerte, darauf, während die Frau den Kofferkuli losließ und den Sturz der Plastiktüte mit beiden Händen aufzuhalten versuchte, eine Dose Kaffeerahm, über welche die über den Zebrastreifen Kommenden oder Gehenden rasch, weil das Signal auf Rot gesprungen war, ihre Füße hoben. Die Frau gab auf, den noch immer sternförmig von ihr forthopsenden Rosenkohl einfangen zu wollen, bemühte sich nur noch, die Plastiktüte zu stützen und die Dose Kaffeerahm aufzuheben und darauf den Kofferkuli mit den festgegurteten Mineral- oder auch Tafelwasserkästen zu ergreifen, wobei die Dose Kaffeerahm wieder zu Boden polterte und, hätte die Frau nicht schnell einen Fuß vor sie gestellt, fortzurollen drohte. Die Frau hockte noch in den Knien, als die Autos, von hinten vorangehupt, erst langsam, dann schneller anzufahren begannen und rechts und links um sie herum fuhren und sie einschlossen. Da schoß der Junge mit dem Sweatshirt seinen Fußball in die Autos und tat so, als wolle er dem Ball hinterher auf den Zebrastreifen rennen. Die Autos erschraken, quietschten, hupten. Der Junge zog, seinen Ball vorankickend, den Kofferkuli vom Fußgängerüberweg.

Einmal stand zwischen dem Kiosk und dem Zebrastreifen ein älterer Chinese, der sich lächelnd vorbeugte, um aus seiner blauweißrot gestreiften Plastiktasche einen Teller zu ziehen, den er, nachdem er mit einem dicken blauen Kunststeinring an den Teller geklopft und einen hellen Porzellanton hatte aufklingen lassen, auf die Spitze seines erhobenen rechten Fußes stellte. Mit dem Fuß warf er den weißen Teller auf den Kopf, darauf einen weiteren Porzellanteller, den der Chinese, nur mit einem Knie sich sehr seitlich niederbeugend, aus der Tasche geholt hatte, von der Spitze des Fußes auf den Kopf und über den ersten Teller, danach schleuderte er einen dritten Teller auf den zweiten, einen vierten auf den dritten, einen fünften auf den vierten, einen sechsten auf den fünften, eine Untertasse auf den sechsten, eine Tasse auf die Untertasse, einen Deckel auf die Tasse, einen Eierbecher auf den Deckel der Tasse, ein Ei von der Spitze des Fußes in den Eierbecher, einen Löffel quer an die Spitze des Eis. Lächelnd verbeugte sich der Chinese in den Beifall mit dem Kopf, so daß unter dem Aufkreischen der Leute Untertasse, Tasse mit Deckel, Eierbecher und Ei und der auf der Spitze des Eis liegende Löffel auf der einen Hand des Chinesen, die Teller auf der anderen Hand des Chinesen nach leichtem, wieder von ängstlichem oder erwartungsvollem Aufstöhnen begleitetem Wackeln geordnet zu stehen kamen. Die Leute, die einen Ring um den Chinesen gebildet hatten, klatschten. Ein kleiner Junge zupfte an der Hand seiner Mutter und rief aufgeregt: Mama, das ist ein Schinese. Die Mutter beugte sich schnell zu dem Jungen hinunter, drückte ihn an sich, redete zu ihm, worauf der Junge einen Finger auf die Lippen legte und mit verschlossenem Mund zur umgedreht liegenden grünen Ballonmütze des Chinesen lief, rasch das Geldstück, das ihm die Mutter in die aufgebogene, dann wieder zugedrückte Hand gelegt hatte, hineinwarf und rasch wieder zurücklief, während sich der weißhaarige Chinese lächelnd mehrmals verbeugte. Ein lustig struppiger Hund ohne Hundemarke kam heran, biß in die Mütze des Chinesen, hob sie hoch und rannte mit der Mütze in der Schnauze durch die Menschen davon. Zwei dunkle Halbwüchsige hinter ihm her. Auch der Chinese im ausgebeulten Trainingsanzug wollte dem längst verschwundenen Hund nach, aber sein linkes Bein war versteift, sein Oberkörper pendelte mühsam im Gegentakt zu dem nachgezogenen Bein, der Chinese gab auf. Ein Mann in silberbeschlagenem schwarzem Leder, an dem Fransen, Ketten und ein Schlüsselbund hingen, bot ihm, ihn umarmen wollend, seine Bierbüchse an.

Etwas war gestört im Gleichklang der Parallelen zwischen den durch den dämmrigen Widerschein des Fensterlichtes sich waagerecht ziehenden Streben des verglasten Mittelteiles des Bücherschrankes, die den Kopf der Büster der alten Dame wie in das Gestänge eines medizinischen Untersuchungsapparates zu justieren schienen, und den Geraden der Brauen unter dem ebenmäßigen Ponysaum des orangenen Haars und der Oberkante der zu beiden Seiten mit glasdiamantenen Katzenohren auffunkelnden schwarzen Brille und der Linie des nur leicht und gleichtief an den Winkeln absinkenden Mundstriches und der Linien der Kanten des Fensterbrettes und des Fensterrahmens. Die schwarze Brille hing zur Seite des rechten Katzenohres um die Breite eines Heftchenzündholzes hinab, so daß sich der Schattenflecken des oberen Anfangs der rechten Augenhöhle auf der Büste der alten Dame wie ein Mal zu verbreitern schien.

Deutlicher wurde nun, daß der ganze Kopf der alten Dame die senkrechte Ordnung der Büste verlassen und sich der rechten Schulter zu gesenkt hatte, als besänne sich die alte Dame auf etwas Großes oder Kleines ihres früheren, jetzigen oder zukünftigen Lebens oder begänne, in ein Schläfchen hinüberzudösen und, während die Muskeln an Hals und Nacken wie gähnend nachgaben, fortzuhüpfen von den teils zerrinnenden, teils stichscharfen Erinnerungen in den Taumelspuk rasender Abenteuer, nie gesehener tibetanisch weiter Täler und babylonischer Städte, erfundener Geschichten und erlebter Tode, sich hoch und hinüber werfen zu lassen in die Milchstraßen des Traums in der geschrumpften Hirnnuß alternder Zellen in einem Schädel, der sich schwer geworden war und sich unbelästigt auszuruhen sehnte. Nun stand der junge Mann, rabiat seinen Stuhl hinter sich und also dem Fenster zu schubsend, fast zornig auf, kam gleich zurück und setzte sich, sich mit Tempo unter den Arbeitstisch ziehend, wieder vor den Computer. Neben den Stuhl trat die junge Frau in einer weiten wollweichweiten roten Manteljacke und beugte ihr auf der einen Seite kühn nach hinten stachelndes, auf der anderen Seite in einer langen Strähne sanft hinunterfallendes Haar, an dem sie die über die Lehne des Stuhls gereckte Hand des jungen Mannes hinabzuzerren schien, in die Lehne des Stuhls, während der kleine schwarze Hund um die stählernen Stuhlfüße schnüffelte, eine Vorderpfote lauschend anhob, die Pfote wieder absetzte und weiterschnüffelte. Die junge Frau drehte den Sessel zur Seite und sich zu, setzte sich auf die aus dem Sessel hervorstehenden Oberschenkel des Mannes, der Hund längte sich dünn und legte eine Pfote auf den Schenkel des Mannes, die andere auf das Knie der Frau, die ihren Kopf an den Lockenkranz des Mannes schmiegte. Der junge Mann stopfte seine Hände unter den Po der Frau, gab dem Po einen Stoß, drehte den Sessel dem Computer zu, so daß vom jungen Mann nichts mehr zu sehen war als die nach dem Telefonbügel greifende Hand und die sich hinter die Stahlfüße hakenden geriffelten Sohlen der Nike-Marathon-Schuhe. Die junge Frau setzte sich neben den auf das in den Ausschnitt des Fensters ragende Ende der Liege geworfenen roten Mantel, wühlte in dem herumgewälzten Mantel nach Rauchzeug, rauchte und ließ eine Hand hinunterhängen zum Kopf des Hundes, der plötzlich wegsprang, seine Vorderpfoten auf die Fensterbank stellte und angestrengt und mit wachem Rucken seines Kopfes herzuschauen schien.

Der Kopf der alten Dame hatte sich, so weit es die abgeriebenen Wirbel und verhärteten Sehnen zuließen, zur Ruhe geneigt und beinahe den Bogen der schmeichelnd schöneren Haut des rechten mohnroten Kragens der Seidenbluse erreicht, der die mit zartblau verwaschenen Kornblumensternen bestickte weiße Strickjacke überwölbte, aus der Angorahärchen wie nächtlich unfrisiert winkten. Das Sternbild der, wenn die Sonne Nevadas Arizonas Nebraskas geblendet hatte, funkelnden Glasdiamanten des rechten Katzenohrs der schwarzen Brille hatte sich weiter gesenkt und die Schattengrenze der sich aus der tiefen Augenhöhle hervordrückenden Kugel des Oberlides auftauchen lassen. Die Unterkante der verschobenen orangenen Haarkappe schnitt die Stirn diagonal. Der schmale Bogen des Mundrots hatte sich gespalten in einen oberen lippenlosen, der auf seinem Rücken Grätenfalten trug, und in einen in der Mitte rötlich verdickten, von bläulichen Stippsen gesprenkelten unteren Strich. Schwer, als müsse sie was tun gegen die vergehende Zeit, die mit dem blassen Halbgesicht des Fünfuhrmondes im abendschwefelhellen Wolkentuch über den von der zinkgrauen Feuerleiter durchpiekten Dachfirst hoch herabschaute, aber wisse nicht was, erhob sich, die auswärts gestellten Hände auf die Knie gedrückt, die junge Frau vom Rand der Liege. Und stand. Und sah sich um und stellte sich, beide Fäuste fest in den Potaschen der weißen Jeans, aufrecht hinter die Lehne des Schreibtischstuhles, neben der eine Hand, eine Schulter, der Telefonknochen am Kräuselohr des jungen Mannes hervorspickten, an dessen Schuhbändel der Hund, sich zurückstemmend, riß. Nun schnellte das Rollo hinter dem Fenster vom noch ausgestreckten Arm der Schlachterin hoch, deren silbergrauer wie von vielen Händen unendlich oft eng an ihren Körper gestrichener Pullover über den Brüsten gedehnt war, so daß durch die lichten Silbermaschen ein Himmelblau strahlte. Aufgeregt lief die Schlachterin durch das Viereck des Fensters, und ihre unter dem korsettstraffen schwarzen Minirock gefangenen Schenkel malmten wie Kiefer. Dann wieder blieb sie, als würde sie von einer zu kurzen Leine zurückgepfiffen, mit einem Ruck stehen, etwas vorgebeugt, als erinnere sie sich an etwas, das lange verloren oder längst gefunden war. In den rechten Rand des Fensters schnitt scharf die wenig geneigte Krempe eines dunkelbraunen Huts mit einer von einem kurzen braunen Schnurrbart unterzeichneten Nase, und dem folgte der Kniff des Hutes, darauf die Schulter eines jungen Mannes, der einen über den Arm geknickten Ledermantel trug. Der junge Mann streckte beide Arme vor, trat auf die Schlachterin zu, neigte und drehte seinen Kopf und küßte den erhobenen und gedrehten Kopf der Schlachterin so, daß es von der sichtbaren Seite aussah, als ob die Schlachterin, einen braunen Hut über ihrem quellenden blonden Haar und einen Ledermantel um ihre Schulter, sich selber küßte.

Der Kopf der alten Dame war hinabgesunken. Hinausgefallen aus dem spitzen Winkel des Schutzmantels der rosa Gardinen war das orangenfarbene Haar, das sich wie die Bademütze einer übermütig kreischenden Thermalbadtaucherin aufgebeult hatte und vorgerutscht war bis über die Brauen. Die weit geöffneten Lider waren zu sehen und die vorstehenden weißen irislosen Augäpfel, kieselgroß, während die von zwei goldenen Schnürchen gehaltene schwarze Brille hinabgestürzt war und sich im Dreieck der sich überdeckenden Ausschnitte von Bluse und Strickjacke verfangen hatte. Bei allmählich schwindendem Tageslicht verblaßten im Hintergrund des Raumes das Porträt des stolzen Mannes mit dem Bart, das der tief geknickte Kopf der alten Dame ganz entblößt hatte, aber die Glasdiamanten der schwarzen Katzenbrille funkelten vor der Brust der alten Dame im Blitz der Scheinwerfer eines Autos, das im Schnellstart vor der Ampel einen Schluckauf machte. Die junge Frau schleuderte wie ein Fanal den Ärmel der roten Manteljacke hoch, die sie entschlossen um sich band. Dann trat sie hinter die Lehne des Arbeitssessels und versetzte ihm einen Tritt, wartete, trat dann mit der Spitze des aufblinkenden Schnallenschuhs nochmal zu. Es geschah nichts, außer daß der junge Mann nach einem Schlag auf seine Lockenkrone sich für einen geschwinden Blick herumschwenkte, ohne von der Tastatur des Computers zu lassen, auf der ein Finger beharrlich schnell ein Signal morste, und mit Daumen und Zeigefinger der freien Hand der jungen Frau dreimal ein O hinhieb. Die junge Frau bückte sich, ließ einen weißen Socken auffliegen, hob einen Haufen Wäsche über den Sessel und ließ die Wäschestücke hinter die Lehne fahren, kickte die Wäschestücke mit der Schuhspitze hoch und fort, warf eine Zeitschrift auf, die aus der Oberkante des Fensterrahmens senkrecht und schwer wie eine abgeschossene Elster zurückstürzte, doch bevor sie zu Boden hätte klatschen können, hatte sie der kleine Hund geschnappt, hatte nachgepackt und sich das aufgeflatterte Poster eines schönen Mädels um Kopf und Körper gefetzt. An der Zeitschrift, die der Hund nicht aus seiner schüttelnden Schnauze lassen wollte, schleifte die junge Frau den vergeblich mit Sitzen Halt suchenden Hund aus dem Ausschnitt des Fensters und kehrte nicht mehr zurück. Reglos standen die Dinge und fast schattenlos im übersichtigen Licht der vielen Halogenlampen im Zimmer des jungen Mannes. Dann stand der junge Mann schnell auf, warf die Stücke der Wäschelawine von sich, schaltete das viele Licht aus und setzte sich unter den klar begrenzten Schwippbogen des weißen Lichtes der

Arbeitslampe vor dem Computer, so daß es aussah, als säße er im hellen Chor einer dunklen Weihnachtskirche. Während sich der Arm mit dem dunkelbraunen Ledermantel senkte, während der junge Mann breit lachend mit Zähnen, die unter dem dunklen Schnurrbart blitzten, seinen dunkelbraunen Hut am Kniff faßte und ihn auf das reiche blonde Haar der Schlachterin drückte, die sich, sich mit ihren Händen an den Schultern der Jacke des Mannes haltend, lachend zurückbog, so daß die silbergrauen, vom Himmelblau durchschossenen Brüste hervorschanzten, und weiter noch zurückbog, die schwarze Hüfte fest vor den Mann gepreßt, bis der Hut sich lockerte, löste und endlich hinunter fiel, während die Schlachterin erst schwer, dann leichter, dann federleicht sich aufwärts bog, vorwärts flog und mit blutrotem Gesicht die Arme um den Hals des jungen Mannes knotete und ihren Kopf an den Kopf des jungen Mannes schmuste, während er die Schulter und den Rücken der Schlachterin fest in seinen Arm barg, so daß es nun schien, als trüge der junge Mann eine Perücke, deren Blond über sein kariertes graues Jackett rauschte, während sich der junge Mann in den Armen der Schlachterin, während sich die Schlachterin in den Armen des jungen Mannes auf der Stelle eines verschmelzenden Tanzes wiegten, beulte die linke Seite des Rahmens des Fensters vor dem goldhellen Zimmer der Schlachterin der Schädel des Schlachters mit dem angeklatschten kunstschwarzen Pomadenhaar, sein vom Aderngínster bestruppter Nasenberg, seine dickweiße Backe, der sich von der Brust zum Bauch straff vorbirnende blauweiß gestreifte Kittel des Schlachters, der sich, sich vom Fensterrahmen lösend, dem noch immer innig vereinten und sich wiegenden Paar Schritt für Schritt näherte, der riesig hinter dem von der Schlachterin umschlungenen, leicht vorgebeugten Rücken des jungen Mannes stehenblieb, eine Weile einhielt, dann seine blauweiß gestreiften Arme hob, an deren Ende seine Schlachterhände wie Zündholzköpfe brannten, seine Baggerarme wie Faßgurte um das verschlungene Paar schlug, so daß das Paar am Schlachter lehnte wie erlöste Wanderer, die der Novemberwind gegen die Felswand gejagt hatte. Nun aber lohte ein spätes Sommerlicht um die Einhornblätter der Birkenfeige, die über den oberen Rand der halben Gardine leuchteten wie Wipfel auf einem hohen Abendkamm vor einem sich entfernenden Himmel, der eine weite Wanderung versöhnte mit milden Schatten, die er leicht machte, längte und ins Dunkle kassierte. Der Spalt zwischen halber Gardine und Fensterbank war bunt gefüllt, links rot, rechts gefleckt. Was sich, je länger Alma auf das endlich erwachte rechte Fenster schaute, bewegte, war womöglich doch nur das Aufhüpfen und schläfrige Absinken der Seepferdchen im eigenen Augenwasser, die hinabtrudelten aus dem Blätterlicht in das untere Wuselbunte des Fensters. Jetzt erst verlängerte Alma die Neugier mit Pauls Fernglas. In dessen schwarzen Ausstichen erwies sich das Gefleckte, das zuvor ein Teppich aus 1001 Nacht, in dessen labyrinthischen Ranken Geschichten zwitscherten, hätte sein können, als Karteikästen, Kopien, aufgeknickte Bücher, Diskettenboxen, Sammelmappen. Rot war das Spannbettuch, auf dem zwei nackte Füße lagen, mit Fersen und Waden daran. Nun war da wirklich eine Bewegung unter dem somnambulen Schleiertanz der Seepferdchen, die Füße winkten, die geplagten Knubbelzehen spreizten und bogen sich, fingen Grillen, sangen den Takt zu der unteilbar fremden Melodie eines anderen Körpers, dessen Füße Sonntagmorgen hielten. Nun stellten sich die Füße auf, die flach gelagerten Waden wurden rund und schön. Nun kam eine schmale Hand und zupfte jeden Zeh am schief und platt getretenen und aneinander gequetschten Horndreieck mit Daumen und Zeigefinger sachte in die Höh, als wollte sie die Zehenzapfen lockern, die Finger stellten, als schwätzten sie gut mit ihnen, die geschundenen Zehregister vom Groppengroßen bis zum Stubbenkleinen auf, und Alma war es, als würden Sehnen, Muskeln, Fasern und Fäden, alle Nähte und verhedderten und verklemmten Züge und Drähte ihres Körpers einzeln angezupft und angerissen, angeschlagen wie Saiten eines gläsernen Flügels, als verklinge der Ton jeder Saite mit dem Nach- und dem Vorhall der andern Saiten. Die schmale Hand fauchte mit einem Bürstenhandschuh um die Füße, daß es Alma die Haut herauf zu zischen begann, die schmale Hand schmeichelte mit Öl über Spann und Rist, um die Knöchel, kniff mit gesalbten Fingern die empfindsame Achillessehne herauf, hinab und noch einmal geschmeidiger herauf, wog die Wade und ließ sie läuten, die Hand tröstete das jährlich schärferkantige, und dann nichts mehr als Knochen werdende Schienbein, die schmale Hand zog mit einem Chinahaarpinsel eine Linie vom verkrachten Knie herauf über die kichrige Innenseite des Schenkels, führte sie durch das Nadelöhr der Leiste, umzog die Haargrenze des Schamhügels, ließ die Linie die Bauchnaht heraufsteigen, und ein zweites lauerndes Mal im Gegenlauf um das Bauchkraterchen, näherte sich den Brüsten und zögerte in der

Schüssel des Brustbeins. Almas drittes Auge sang. Etwas zog Alma die Haut aus wie einen Seidenmantel, etwas ließ Almas Venushügel das Firmament küssen, während die Fersen der Füße auf dem roten Bettuch wie leicht bewegte Seerosen schwammen.

Als Alma, die beiden Puppen suchend, ihren Pappelkopf an den Ohrschnecken mit den etwas abgeblätterten Rändern in die Puppenhände nahm und ihn einmal um sich selber drehte über das Genick hinaus, knirschte nichts, nichts krachte, brach. Und als Alma hinter sich sah und sah, wie Lotusblüte und Jadestempel – oh wie schön, da drehte Alma ihren lackierten Pappelkopf an den Ohrkringeln wieder nach vorne und schaute aus Kassandras rostfreien Blechaugen mit handbemalter Glaslasur ins Leben der vier Fenster. Und sie hörte: Ein Keckern, Kichern, Gurren, Kröpfen, Locken, Kosen, ein Zingezüngeln und unters Sausehaar geharften Speichelwind, bacchi al fresco an Hals und Kinn den Nasensporn die Engelsstirn aufs Hasenhaar die Fingerflöten auf und nieder, die Schwanenbalz der Stulpenlippen, das Nylonglinstern, Seidenschmeicheln, das Schuhescharreln, Schenkelschaben, das Riemenzurren, das helle Kling der Gürtelschnalle, die Münzen im Sack, das schwere Schuhepoltern, das leichte Schuhehopsen, den schnellen Sockenflutsch, das gierig lang und längre Beinehäuten, das satte Schnalzen eines Gummisaums, das Gänseschaudern unter kaltem Finger, das Niedersinken, des Falls und Aufgangs schöne Seufzer, die Würfe und Sprünge der Liege, das Glucksen des Flughorns unter den Wolken, das Tribbeln Trabbeln Schnüren Spüren und plötzliche Verstummen, das

Knautschen und Gautschen, Verkosten und Schlecken, das Streichen und Reiben, das Bauchfellachen, die ungeschickte Schenkelfeige, das Schwappen Görgeln Kollern Raunzen im trunkenen Gedärm, die heilige Sammlung und den lauten flachen Atem, das Augendengeln, Augenschmatzen, das Schmirgeln, dann Schlieren, dann Schleifen der Wohllust, das Schnappen der Münder, der Zungen wildere Jagd, die Ouvertüre des Lattenrostes, das grobe Kreisen der Schamberge, das Schulterscheuern, das Kniewetzen und Pogeschleudre, den Achterwind, das Schlumpfen und Mampfen der Scheide, den Halbsekundenschlag der Hoden, das Stoßen Buttern Furzen nasser Achseln, das Schlackern der Schenkel, ein Zuschen, ein Pleueln der Knochen, das Schlampfen und Maltschen, das Knurren das Dampfgestöhn, der Augen Fliegauf, den Applaus der Zähne, den Himmelwurf der Nacken, das Pfeifen der Lungen, den enger werdenden Malstrom der Nasen, den tollen Wortmus, den Plumps, den Fall, das Wettgestöhne, die Abgesänge der Haut, den ins Leere winkenden Wimpernschlag, das einsame Nachzucken, den schon geträumten Fersenhieb, das stille Weinen, die Angst, das Trennenmüssen und Verlieren, das Nimmerwiedersehn, das Gehn, den Tod.

Heute vor 200 Jahren starb Mozart, der in seiner kleinen und großen g-moll-Sinfonie dem Schicksal in den Rachen griff, das zubiß, wie heiter pauken hier die sorglos armen Indianer Don Giovannis Höllenfahrt mit Schraubenschlüsseln auf den Öltonnenrost, plan- und heillos läuft die Zeit, das Futurum ist der Tod, also stirbt, wer Böses tut schrummschrumm, und ebenso wer wie da Ponte Gutes tut, bald die Tokaierflasche zur glücklich schreibenden Rechten, bald etwas Biskuit, bald eine Tasse Schokolade, bald ein zartes Mädelchen, das er nur wie seine Nichte lieben wollte, alles stirbt schrummschrumm und ganz allein, doch Gloria Dei im Haar, und die Vögel unter dem Himmel stürzen doch und jeder kommt durchs Nadelöhr, weißt Du denn, ob der Fuß, den Du jetzt gerade in die Höhe hebst, ordnungsgemäß noch runterkommt, Du hampelst noch ein wenig, man lacht, es sieht recht komisch aus, Du ringst dramatisch um Kopf und Höllenkragen, hast keinen Bremsreflex mehr und zermatschst Dir im Staub das Nasenbein, Sanctus sanctus, Du weißt nicht, ob Deine ausgestreckte Hand die Lieblingskaffeetasse noch erreicht am 7. Dezember, und zwei Mozarttage später stürzte die Jahrhundert-Mozart-Pianistin im Hirnfall von der Brüsseler Bahnhofstreppe, das Mahl ist schon bereitet, hörst Dus klopfen, Monitoren werden unser Requiem, Deine letzten Worte werden rachenblutig sein, Du hast den Faden nicht verdient, mit dem man Dir die Pfingstrosengeschwüre noch vernähen könnte, Ende aus und Erde drauf, lauf jetzt, so schnell Du kannst, gen Norden oder Süden und Reich mir die Hand mein Leben, singt Dein Paul und sinkt.

IV FAST SINGEND

Als das Licht erlosch im Fenster mit den Wanderschuhen und ein dunkles Loch schlug, als Alma die Gestalt sah, die mit einem Sichelhieb den langen schwarzen Schal über die Schulter des schwarzen Mantels unter die Krempe des schwarzen Borsalinos warf und in schwarzen Stiefeln zügig sich vom Haus der Schlachterin entfernte, sprang Alma auf, längst gestiefelt und in der Wanderjacke mit den Bärentatzen, und ließ die siebenfach lackierten Puppen, und rasch der schwarzen Person hinterher, deren hoher Borsalino als sichere Boie in bewegter Fahrt dem Weiten zu, dem Eins in Allem, voraus auf den Köpfen tanzte. Alma brach mit dem Schulterbug das Menschenmeer zwischen sich und der zielstrebig wandelnden Säule, trabte Stechschritt, die fleischern marmorierten Hufe an den Treidelarmen trabten mit, und manchmal wurde Alma überholt von ihrem ungeduldig stampfenden Schulterblatt. Nie touchierte sie eine Fuge zwischen den Gehsteigplatten, übersprang immer zwei und von Himmel zu Himmel, ich bin, sie war, trat nicht auf Kaugummis, Hundeschiß und Taubendreck, nicht auf Männerrotz und Lippenkippen. Fast flog sie auf dem Trampolin der Erde, das sie über die Länder warf, die zerliefen und neu zusammenrannen, über die Tötungsblitze, Fallbeilsterne, durch Schlachtlametta, über die Verhungernden, die auf ein besseres Leben zukrochen und mit ihren Hungerbäuchen Schildkrötenspuren in den Sand schliffen, willst du leben, laufe laufe, einzig im Hundhasentraum ist die reine Bewegung. Die schwarze Person querte das Edward-Hopper-Bild einer Tankstelle, in deren Glaskabuff eine Frau saß und strickte, und während es klingelte und die Frau nicht aufsah, tauchte die Schwarze schon aus der hellen Tankstellenkälte ins Zwielicht der Stadt, und als Alma auf die Klingelleitung trat, schaute die Frau her. Die Benzinpfützenfüße der schwarzen Person wurden blasser, ihr Atem, Parfüm Rasierwasser, verloren sich im Schweiß der Stadt. Auslagen schauten kurz vorbei, und im Fenster des Hundesalons stand immer ein verschossener weißer oder schwarzer Pudel vor einem gebleichten Kautschukhundeknochen, und überall pumpte und glühte tagaus tagein das Doppelherz rotgrün, Geschichtenblicke aus Gesichtern, in Gesichter, die glatt waren und auf Stelzen liefen oder rissig und hinabgefallen. Hinaus aus der Stadt, in andere Städte, über karstige Höhen dem Südwind zu, durch sich verengende Müllhaldentäler unterm Smoghelm. Alma lief im Goldenen Schnitt, eine trauerhehre Händelsche Kastratenaria im Kopf, vor sich eine Feuerkrone über der weiten Sommernacht, die Glücksfixsterne zischten auf, splitterten, schwebten erhaben gemächlich nieder, durchschossen von den Glücksfixsternen, die aufsplitterten, aufglühten und nie erloschen über dem Horizont, durch den stolz die schwarze Person unvermindert strebsam schritt, bis ihr Borsalino Tritt für Tritt versank und Tritt für Tritt aufwärts ruckte über den Scheitel eines fernen Horizontes, über den Alma ein Rad schlug. Mit der linken Hand setzte sie im brestigen Afrika auf und mit dem leichten linken Schuh auf der Taiga, der große Zeh brach durch den Wanderschuh und rutschte bis zur Spitze des Busen des Ob, das war ein

Lachen, ein Seelenklingen hier, vom Ural bis Tibet, und von Tibet bis zum Horn von Afrika. Alma kletterte über die nächste Kortexrinde, denen nächste Kortexrinden folgten, in die sonst nur die Sonne sah oder der volle frühe Abend- und der volle müde Morgenmond, der einen auf- und niedergehenden Borsalino trug, und das Herz, das treue Hündchen Unstern, hopste weit voraus, all die milden Bilder des Schönen im Fang, durchschwamm, den Kopf witternd hoch, Braunkohleseen, um die blechblaue High-Tech-Hütten gelagert waren. Und während Alma ihr Haar in die Wolken schüttelte und, der Schwarzen hinterher, siebenmal nach Syrakus und zurück spazierte, hing die Zett, um ihren Almazorn herauszudampfen, an Hanteln, Spannfedern und Gewichten, wobei ihr die Arme, die Füße, der Kopf samt Nase aus- und abgerissen wurden, und exitus, weil die Zett, um durch den letzten Schlitz in Almas Saustall Kakerlakengift mit Sabatiniduft zu sprühen, sich über das Balkongeländer beugte, Übergewicht gewann, um Hilfe schrie und doch stürzte, Schußfahrt kopfüber, aufs Pflaster des sauber gefegten Gartenweges, durch den Rost des Kellerschachtes und ex und fort und aus, weil die Zett zur finalen Schlacht gegen Alma so gewaltig aufstampfte, daß sie sich den Fuß dabei brach, darauf den anderen doppelt, darauf mit der Hand in die zugeschmetterte Posaunentür geriet, und Blut überall und unerhörtes Geschrei und exitus, Hörsturz Herzbruch Raucherkarzinom, die Zett wurde von einer explodierenden 00-Dose hingerichtet, der Zett implodierte das Hirn vor Wut darüber, daß Paul Mädchenschulminister in Vorpommern geworden war oder sonstwo, jedenfalls exitus, endgültig.

Achja die Zett: Wollte auch ihr Teil vom ausgehenden Jahrtausend und kassierte von einem Chefarzt Dr. von N., der für seinen Jus-Sohn eine kleine Wohnung suchte, 3000 Mark Belohnung und ein Kerzenlichtmenue. Daß sie keine Wohnung zu vermieten hatte, machte weiter nichts, denn Dr. von N. hatte keinen Jus-Studentensohn. Ihm lag nur an einer erregenden Surprise, die ohne Erektion blieb, weshalb sich die Zett und der Dr. zur Entspannung Happy-Apparate über die Stirn zogen. Nur hatte dem Dr. von N. ein Zocker statt der galaktischen Euphorie zwei gebrauchte Houses of Fun aus Restbeständen einer Junta-Folterei verscheuert, und was in die Sinneskanäle eindrang, war die reine Freude nicht, sondern ließ die zwei bekleidet durchs Fenster springen des Abschreibepenthouses im 14. Stock, und exitus de deux. Oder ganz einfach: Als in der Talkshow der Dichter mit dem schwarzen Seidenanzug sagte, Kunst müsse heute medienmäßig die Arschlochunterhosen anknallen, knallte der Breitschirmfernseher und machte die Zett schwarz und kalt. Und: Die Zett hätte beim Parkplatzdiebstahl erschlagen, in eine Schwindelbaugrube koppheister, von der Türkengang ihrer schönen Leveljacke wegen halb, von Skins ihrer schrägen Augen wegen ganz gemessert werden können, sie hätte auch von einer von einem großen liberianischen auf einen kleinen tamilischen Asylbewerber zu hoch geworfenen aus einem Gastronomiekonkurs großherzig gespendeten Gewerbefriteuse getroffen werden können, von einem Altphilologen mit dem Ausruf: Stabat mater! niedergerempelt worden sein und zu ihrem Unglück in eine letal gründliche Notfallaufnahme geraten können, sie hätte von ihrem Mann im Liebeskoma zerdrückt werden können, sie hätte Paul heiraten und ex an inneren Verletzungen, aber nichts davon passierte der Zett, sie las, daß die Commerz ein halbes Prozent mehr als die Deutsche, bei der sie eben festgelegt hatte, und Sekundentod noch vor dem bunten Commerzschaufenster, zack und bumm und ex.

Ich werde ankommen, heimkehren, durch den haarigen Goldregen der Karstberge, durch die graugrünen Ölbäume, die verrupften Mandelbesen mit den schwarzen Flecken, dem Madonnenhimmel über der vertrockneten Felderebene zu, in dem hoch über dem dunkelnden Rand ein verschwindender Silberflug zur weiß glitzernden Venus eine rot aufstrahlende Doppelspur zieht, die aufquillt und verweht. Ankommen unter dem Platanenschirm, wo die Kappenalten sitzen, die Knotenhände auf den Stöcken zwischen den Knien, die Jungen mit den steilen Haaren auf der Mauer, ich werde Deine über den Tresen der Bar gebogene Gestalt sehen, wie Du Deinen schmalen geflochtenen Lederfuß auf die abgeriebene Messingstange hochgestellt hast und Deinen Apollopo mit dem heilig verborgenen Delta des Flaumpfades ausstellst unter der altbraunen Bomberjacke. Begierig werde ich heimkommen und müde von meinem Amazonenzug, zum Auf und Ab meiner sich Dir nähernden Schritte wird sich hinter dem von weißlichen Schleifgirlanden gerahmten Glas der Tür zum Siècle Deine Gestalt aufrichten, ducken, aufrichten, ich werde ankommen, an die weiße Troddel der eingeschliffenen Portierenborte klopfen und sehen, wie Du aufsiehst, hersiehst, mich erkennst, wie Du herrennst, ich die Bartür aus dem Wege werfe, unser nur noch größer werdendes Lachen, unsere zum Fang und Wirbeln ausgebreiteten Arme, das erste Schrillen unserer Hände, unser Wolkensprung ins Entzücken an der endlich Fleisch gewordenen Liebe, ich werde Deinen biernassen Zigarettenmund küssen, den Borstenlippensaum, den glatten Schmelz Deiner Haifischzähne polieren mit meinem Zünglein, ich werde mich in Dein frech verschämtes Ohr unter dem verrauchten Haar einschmeicheln, ich werde, Stirn gegen Stirndruck, Deine Nackenlocke auf meinen Finger spindeln und Deinen Kopf zurückzwingen, bis Du mit den Augen schreist und ich Dir meine Zähne auf den parfümierten Adamsapfel setze, meinen vom Windmarsch vertränten Augenzwickel werde ich neben Dein Auge legen, und wir werden mit den verschwitzten Wimpern plaudern vom langen Weg der Sehnsucht. Ich werde heimgekehrt sein, angekommen, ich werde ausgreifen über die Buckelschrunden der karstgrauen Berge, werde den verblühten Ginster hinter mich teilen, hinabrennen durch die roten Kirsch-, die silbrigen Öl- und die faulen Mandelbäume, holpern knicken, wanken und fluchen in der Felsenschlange des endlos windigen Steinbachbettes, ich werde im Flug nicht straucheln, der Furor wird mich hetzen den teerverharzten Platanen zu, dem Neptunbrunnen, durch das Pesttor der Mauer, schon leuchtet über der kühlen Bar der goldene Stern, das schöne Irresein wird mich plustern und springen lassen von der Höhe, um im ersten Anklang unserer aufgelaufenen Körper alles zu wissen und nichts begreifen zu müssen, ich werde mich nimmersatt an Deiner Schönheit mästen, ruhig dem Tod den tauben Stachel lassen, ich werde unter dem Platanengewölbe ins Licht des Siècle laufen, mit Hand und Fuß die Tür aufsprengen, meine schon hinter mich flatternde Wanderjacke mit den Bärentatzen wird die Eiskaraffen, die Milchschnapsgläser fegen, während ich Dich schon anspringen werde und um- und niederwerfen und rücklings ins Daunenfeld federn, ins Meermoos, ich werde ein Gewitterhimmel sein, der auf Dich herniederfährt und mit Mann und Maus ersäuft, ich werde in Deine Halsbeingrube meine Diamanten gießen, ich werde Deine Stirn an meinen Mohairbrüsten wetzen, Dir Deine ausgerankten Augenbrauen mit den Schneidezähnen rupfen, küssend folge ich der Spur Deines madenweißen Scheitels, die Schweißnaht Deines Hodensackes werd ich nagen wie eine Schnur aus Liebesperlen, meinen Happen Tigerfraß beiß ich aus Deinem Oberarm, Deinen Stecken meinen Purpurstab verspeis ich ungarniert mit meinem sämigen Geschmeide. Und wie, und wie ich von den Stecheichenhöhen renne, renne, um Deine vorgebeugte Gestalt zu sehen im Glasgirlandenrahmen unter der Sternenlichtreklame des Siècle, ich schöpf Dir aus dem Neptunbrunnen eine Pfütze Abendwasser in den Nacken, von hinten werd ich Deinen ausgestellten Marmorpo in meinen vom langen Gehen Sehnen schweren Schoß einwölben, so werden wir, in Sekunden verklebt, zu Kalk und Zwillingsgestein, als Einertandem lautlos schwimmen im Südseeschwarm, der sich mit jedem Wechsel wendet von Gold zu Blau zu Silber Gold, durch die Korallenbögen klag- und zeitlos. Ankommen werde ich und Dein Champagnernachtschweiß sein. Völlerei betreiben werden Nase und Lippen auf den Seidenstraßen Deiner Haut, das Salz werde ich Dir aus den Gruben lecken, ich laß Dich vor mir liegen beugen biegen in

Radlerhosen und werde Dir die Kapsel krillen, ich werd mich vor Dir strecken beugen biegen, daß Dir Deine Liebesstiftung aus dem Saum der Boxerhose steht und einen kräftig roten Kopf bekommt, ich werd Dir Deine Lippen schminken, Dich in mein geschlitztes Kleidchen schnürn, ich werd Dein Stutenkerl und Beckenschläger, Dein Beinewerfer sein, es wird ein üppiges Schlampampen sein im Urogenitalsystem. Ich werde vom Karstgebirge her in der königsblauen Nacht den weißen Mond Deines Fingernagels sehn, Du wirst der Alpenfallwind am Mundstück meines Ohrrands sein, ich werde durch die Sandsteinhaine, die Kirschplantagen rennen, die Wanderjacke über die Platanen werfen, die Stiefel in den Brunnen, ich werde durch die geschliffenen Girlanden köpfen ins Siècle, ich werd die Wege Höhen Schluchten finden unter den weiten Wolken Deines Baumwollhemdes, ich werde Dich in meine Schenkelkrause schrauben und mit mir salben, daß Du nie mehr meine Spur verlierst, und bevor der Tod uns scheidet, lutsch ich Dich zum Däumling und schlepp Dich immer mit mir fort. Ich werde ankommen, heimkehren, abwärtsrennen, ich werde Dich stehen sehen im Siècle, vorgebeugt über den Tresen und trinken, ich werde ankommen, eintreten und Dich erkennen. Und du mich.

Also: Die Zett erwischte es in der subventionierten Kantine des Landratsamtes, in die sie sich eingeschlichen hatte, beim Fitnessteller mit Kartoffelsalat, den sie sich gönnte, weil ihr gelungen war, dem Finanzamt die Scheinarbeitsstelle anderswo nebst doppelter Haushaltsführung, schöner Batzen das, unterzujubeln, es waren böse Salmonellen, und dazu noch aus der deutschgesinnten Metzgerei des Bürgervereins-Schlachters, und ausgeschissen und exitus. Es war anders: Denn es hätte doch mit dem Deibel zugehen müssen, wenn die Nebenfahren der Zett aus Lüstrow nicht in Mecklenburg ein Haus gehabt hätten. Doch war das Grundbuch von Lüstrow von einer Stasi-Seilschaft fies postmodern präpariert worden, so daß die Zett, als sie die Seiten mit dem angeleckten Finger umschlug, ganz blauzüngig wurde – ecco und exitus! Ach nein, das Haus gabs und fand sich, doch waren alle Mit- und Nebenerben in der selben Rechtsschutzversicherung, so daß die Zett Fakten schaffen mußte und einen Wende-Kammerjäger bestellte, der samt Schaben und Fachwerkwürmern die Ost-Bewohner ausblies, worauf die Zett eine Multisensalarm- und Selbstschußanlage im und ums Haus installieren ließ, sie kam aber nicht bei der Funktionstüchtigkeitsprüfung ums Leben, sondern beim Tausender-Schnappen der bodenständigen Karnevalsgesellschaft, weil sie sich mit den Stiefelabsätzen im restaurierten Kopfsteinpflaster verklemmt hatte, aber nicht aufhören wollte, zu den vom Zunftmeister an einer Angel umgeschwungenen Spielgeldtausendern zu springen, der eine Freiwurst versprach, und also zerriß die Zett und ging zweigeteilt hinüber. So wars: Als die Zett einsah, daß Deutschland für ihren deutschen Auftrag, die Welt, deren einziges Nicht-Arschloch sie war, nach ihrer Wahrheit übers Knie zu brechen, verloren war, emigrierte sie nach Rumänien, kaufte Siebenbürger Dörfer und verkaufte sie an Museen, wurde reich und starb noch jung, als sie sich im günstig verwüsteten Dalmatien zur Ruhe und auf eine Malmignatte setzte. Nein trivialer: Beim Blättern in den beim Hair-Art geklauten Herren-Magazinen konnte die Zett sich nicht entschließen: eine Agenda von Mulberry oder eine von Timberland oder eine von Morabito oder eine von Gucci oder eine von Cassegrain und ob dazu einen Füller von Parker oder Gucci oder Waterman oder Mulberry oder von Montblanc, und welche Uhr, und auf welchen Designerstuhl gesetzt, und in welchem Flitzer mit welcher CD-Anlage über welchen Alpenpaß, damit sie den anderen Flitzern in der kleinen Trattoria im Friaul oder wars Piemont zuvorkäme, ach das Leben war so schwer, die Zett wurde depressiv und blätterte, hungerte, dürstete, blätterte nur noch, und wenn sie dabei nicht exitus, dann gnade ihr Gott.

Immer war die schwarze Gestalt so weit voraus. Geriffelte Tritte, groß genug für Männer-, klein genug für Frauenstiefel, um den grünverschleimten Baumstamm-Brunnentrog, aus dem das Wiesenwasser sickerte neben das von Brombeeren, krumm getretenen Rostdosen, Kunstdüngertüten zugewucherte Feldsteinfundament einer öden Wüstenei. Und dann eine Stiefelspitze im leicht überhüpften Morast am Karstbach auf dem schwarzrot gezeichneten Weg zu den strauchlosen Grasflanken der Kesselzacken, in deren Schatten der Tau den ganzen Tag nicht trocknete. Alma wär so gern gefolgt, angekommen, aber rutschte, Handundfuß zackig hampelschief, fiel vornüber, hobelte auf dem Bauch abwärts, Gras und Dreck im Mund, die Hände schwarz von Mist, die Knie naß gescheuert. Immer war die schwarze Person da, Vorwärtszeichen überall, ein Wollfaden am Zweig im Wildschweingebüsch, ein beiläufig getarntes Gelächter irgendwo aus einem Trüffeltal; mal im Fond eines Busses, der nicht anhielt und Alma mit einem Puff von Dieselruß in den Straßengraben stieß; mal ein Schnarchen in einem Dorf, in dem für Alma kein Licht aufsprang, sie schlief in einem Geräteschuppen, Katzengehusch und die Pfiffe der Ratten, und lief vor dem Morgen mit verdrehtem Körper weiter; mal Pisse, Männerbogen oder Frauenteich, verwehte Schaumschiffe noch, aber nirgends eine Gestalt, die sich einholen und erkennen ließ. Die Schultern hingen so schwer. Die Leisten zerrten, der Rücken verweigerte, aufrecht zu gehen, alle Knochen rätschten, der Meniskus hüpfte links und rechts aus den Schmirgelknien, die Füße die Füße, der Schmerz im Bauch eroberte das Herz, stach in Blase und Eierstöcke und verbiß sich mit Tollwut im Blinddarm. Wo noch den wunden Fuß hinsetzen, nur diese eine Biegung noch zur Höhe, die dann nichts war als der steinige Anlauf zur nächsten Biegung, die vom Ende her gesehen womöglich nur ein Anfang gewesen sein würde. Alma fror im Schweiß. Keine Bilder zogen mehr voran, die leichte Kavallerie verstummt, alles war nur die verfluchte Mühe, das Bein zu heben, und wohin den Fuß noch setzen, daß er weniger weh täte, die Sporen ins Gemüt gestachelt und im Takt des die Schnelligkeit der Schritte überholenden Atems gehechelt: weiter weiter zu der verwünschten Erinnerung, einmal angekommen zu sein. Mal narrten die schwarzroten Zeichen im Kreis, dann waren sie weg, nur Flechtenflecke am Baum. Die Natur stand taub umher und wehte kalt. Alma stank aus der Wanderjacke mit den Bärentatzen, wußte seit Stunden oder Tagen nicht mehr, wo sie war, wollte umfallen, niedergehn und liegenbleiben, so müd, so wund. Alma verfing sich in einem Ginster-Dickicht unter einem Felsen, an dem die Eidechsen mit ihren Fingernäpfen klebten und nicht einmal erschraken. Rauf und Runter ohne Ausweg, keine Übersicht, die Hosen grau von Kletten, Kiefernspieße im Haar. Ein toter Fuchs, dem die Kuppe abgeschnitten worden war, schaute aus der Astgabel eines Baumes, als läge er in einem Fenster, Fliegen im Pelz, nie verlor sich der Todesgeruch. Im schattenlosen Licht des Mondes sausten sanglos Nachtvögel übers Ohr. Toste am Morgen aus den Tälern der Sturm wie ein Schnell-Zug, zog Alma die blutigen Füße wieder an, und die Schuhe waren voller Stachelzwecken, Fersenbrand und Sohlenfeuer. Wege verwandelten sich in Hasenspuren. Jeder Schritt sprang in der Hüftpfanne unter des ewig blauen Himmels Langmut. Die Eichen flochten eine Dornenkrone. Herrgott gib Wasser jetzt, einen Brocken Schwanenbrot, ein Ankommen, ein Niederlegen, die sanfte Ruh, in der die Haare durch den Tannendeckel übers Efeu wachsen und den Grabstein sprengen. Die Bilder des Glücks schlichen sich von hinten an und droschen Alma ihre Spatenblätter ins Genick. Und als die Aussicht kam, war sie nicht tröstlich. Der Weg zum Siècle blieb abzählbar nach doppelt langen Stunden oder Tagen. Almas Blutstrumpffüße schlugen quer zu ihrem Willen aus. Der Schmerz im Arm ließ sich nur ertragen, wenn Alma den Arm wie weggebrochen hielt nach hinten und den Kopf zur Seite neigte und das Kinn anhob. So tapperte sie weiter, wie von Schlaganfällen verzerrt. Der Schmerz kreiste ums Schambein und wollte hinterrücks hinaussausen aus dem schweren Klumpen Leib. Nur weitergehen und ankommen noch.

Alma versuchte, Po, Bauch, die Zähne im schrägen Mund zusammenzukneifen, der Kackschmerz kam mit einer neuen Welle stärker wieder. Jetzt nur nicht in die Hocke müssen, die Verwesung schösse braun aus ihr, noch ehe sie die Hose herabbekommen hätte. Weitergehen, drücken, pressen, hoffen, nur jetzt nicht furzen müssen, nicht diese Ausweidung des inneren Geschlinges auf die sommerharte heiße Erde. Alma, den Kopf zur Seite, den Arm nach hinten, die Füße von Messer zu Messer, und zügig überquerte schon die Schwarze das Parkfeld des Tigermarktes, warf schon den schwarzen Borsalino mit dem Schweißrand auf die grauen Knoten der Platanen, Alma tat jetzt alles nur noch weh und wollte auf der Stelle aus ihr fahren. Die Kotdrangwellen schwappten in ihrem Körperbottich, den sie blind und flüsternd auf den Eiterpickelfüßen trug. Das Meer der Fäulnis drohte bei jedem harten Schritt aus den Augen auszubrechen. Nicht näher kam der Kirchturm über dem Platanenkragen, blieb eine ferne Eisenpyramide, in der, sturzleicht und himmelblau, keine Glocke hing.

Ja leb ich denn, sagte sich die Zett, für Geld und Macht und Gut? Lieben wollte die Zett, leben und reisen und flog ins aidsfreie Albanien und fand einen Abteilungsleiter aus Ofterdingen, der zwar auf Kondome stand, aber beim Surfen hielt sie den Schnorchel eines Zahnarztes für einen Hai und schrak vom Brett, ertrank und ex. Aber das doch nicht der Zett, der Meisterin im Dachrinnenkantenschlittschuhlaufen, Hochhausklettern, Weckringschnalzen, S-Bahn-Springen, Polen-Shooting, Dauer-Zapping, Studienplatztauschprämienpokern, im 3-Mützen-Essen, Entwässern und Heilfasten, Lichtzentrieren, im Katakombenorientierungslauf, Indiefressehauen, Christusbewußtsein und Müllvermeiden, in Doppelkopf, Hakomi Huna Shiatsu und Yoga Jivana, die Zett entdeckte den Buddhismus, lebte ihr früheres Seelenleben und starb als unberührbare Mangmamsell in Haiderabad an TBC. Auch die Zett hatte auf den deutschen Brocken wollen wie der VWL-Professor, der sich an den Asylanten im Hobbykeller jeden Monat einen Golf-GTI verdiente, aber ausgerechnet Kirgisen hatte das deutsche Brocken-Hotel eingestellt zum Flußkrebsputzen, Würmer waren die Folge, der Fieberkopf im goldenen Bidet und erbärmlich ex und ex und ex.

Ich werde ankommen. Herab vom Fels durch Ginsterzäune, Geröll und Wurzelfallen, den Stecheichenwald, über den sommerharten Lehm der Haine, den aufgeweichten Asphalt der Weinbergstraßen, über den Staub des leeren Parkfeldes des Tigermarkts, ich werde unter die grauen Platanen tauchen, die Glasgirlanden des Siècle werden luftig wehen, ich werde Dein abgewendetes Gesicht erkennen. Ich werde heimkehren. Wir werden trotzdem sagen. Ich werde Dein Gesicht erkennen, Deine Hand, den kleinen Rücken, die tapferen Füße, wir werden uns im Piepton der Intensivstation unsere Lieblingsplätze, an die sich alleine zu erinnern, so einsam macht, in unsere totweißen Ohren flüstern. Ich werde ankommen, und Du wirst mir das Herz aufheben, das mir aus der Brust gepoltert ist. Du hältst mir mit Deiner Kraft die Girlanden auf und wirst mir die beschlagene Brille von der Nase nehmen, mir den Nachttau von den Wimpern küssen. Wir schaffen auch das noch. Du wirst mir die Kleider vom geschundenen Leib schneiden, meine Füße laben, bist mein Lavendelbad. Ich rette Dich aus dem Schrei Deines Traums, werde Dich umarmen, auch wenn Du mich nicht erkennst und dich zurückwirfst in das wahre Bild von der Gewalt der Welt. Trotzdem werden wir sagen. Du wirst Dein, ich werd mein im Wasser verfließendes Bild malen vom versöhnlich hellen Teelampenschirm, unter dem wir in den Dampf vom heißen Rand der Gläser die Federbälle unseres Schweigens pusten. Wir werden glauben, daß niemand zuerst die kalte Hand des andern wird lassen müssen für immer, daß niemand zuerst den Todesschweiß des anderen wird abtupfen müssen. Wir werden ankommen und uns versichern Mund zu Mund, nie Angst gehabt zu haben voreinander, nie Zorn, daß wir den Krebsgestank überlieben werden, den dumpfen Körperberg, der nichts mehr weiß und nichts mehr sieht, nur sabbert und unter sich scheißt. Ich werde ankommen oder Du, wir werden die Schritte sein ums Haus, die uns nicht fürchten, die uns nur sehnen machen. Wir werden uns erzählen und die alten Fotoalben zu zeigen trauen, vor uns werden wir uns sein dürfen, was wir waren. Ich werde heimkehren, nichts sonst wird wahr sein, wir werden schmerzfrei leben im backenwarmen Kopf des anderen Kissens. Ich werde ankommen, es wird ein auffrischender Sommerabend sein, Du wirst mir das Clo zeigen, schnell, wir werden einen Blechtisch vor das Siècle tragen unter die Platanen mit den Hundspissfüßen, die Eisenkugeln werden klingen durch die lange Nacht, ein Mond wird sein, ein Regen wird unter den Platanen Boulevardgerüche kochen, eine Zikadenstille, ein neuer Morgen wird sein mit Bäckerduft, unsere Hände werden miteinander sein und bleiben, wir werden ankommen, zueinandergehen, uns die vertrauten Knochen drücken, der Schweiß der Schmutz die Runzelhaut und uns versprechen, daß wir trotzdem sagen, bis daß der Tod uns fertig macht.

Die Zett endlich wurde 26 und faltig und fürchtete, dereinst bei einem Ein- oder Ausgang den Nachtritt haben zu müssen und aus allen Zähnen zu stinken mit 27, verkam, wurde zum Sozialfall und odolsüchtig. Erst spülend, dann schluckend, dann saufend. Und verduftete endlich. Ihre Nieren wurden beim Justus-Frantz-Benefiz an die TH Hannover versteigert. Ihre Nase und Zunge einem alternden Gourmet implantiert, ihre Gebärmutter einer Treuhand-Direktorin aus Bitterfeld, die sich ostversamt empfand. Ihr Rest kam in die Bottiche der Anatomie, wo er bis zur Auferstehung, diffiziler werdend, weiterschwimmt.

Als Alma ankam, hing der schwarze Kamelrücken des Karstgebirges am Nagel eines Silbersterns in der dunkelblauen Nacht. Am Brunnen brüllten noch die jungen Männer mit den Sonnenbrillen. Der Regen dampfte nach. Unter dem Platanenkranz kochte Diesel und der Geruch von Thymian aus den verkauften Gärten. Ungnädig reckte sich eine Tigerkatze vom kalt gewordenen Autodach und tupfte ihre Tatzen in den Staub der Windschutzscheibe. Noch immer lag der Fischkopf mit der Rückengräte vor der Telefonzelle, die en panne war. Die Glasgirlanden standen offen, weit. Aus dem Qualm im roten Thekenlicht sang ein Schlager schmelzend weich von Liebe. Die Schwarze saß vor der Biertulpe und zeigte ihren Rücken. Wer, wenn nicht ich, aus der

Ferne malend in mein schwarz gebundenes Skizzenbuch, die Farbstifte, anfangs streng geordnet, nun nach der Mikadologik von Fläche und Strich hingeworfen über den Tisch des Siècle, hätte gewußt, wen Alma hier erkennen würde. Sie breitete ihre Wanderjacke über die Lehne eines Stuhls wie ein Kormoran seine Sonnenflügel. Den Borsalino mit dem nassen Schweißrand hängte sie an ein Garderobenhorn. Als Alma zur Schwarzen trat, ihr die Hand auf die Schulter legte, damit die schwarze Gestalt sich umdrehe und Alma sie erkenne, kamen aus den Türen zu den Clos die siebenfach lackierten Puppen. Die Schwarze drehte ihr Gesicht.

»Dieser verschwundene Kerl nun
werther leser bin ich«
(J. Chr. von Grimmelshausen)

Liebe Alma,
Dir – stellvertretend – danke ich, daß Du trotz grober Irreführungen diese lautmalenden Phantasien über das Phantasieren durchgehalten hast, obwohl die Sache kriminalistisch nicht zu lösen war. Sie ist überhaupt nicht zu lösen; weil: »Wir sehnen uns nach Hause, aber wissen nicht wohin.« (J. von Eichendorff).

Die Idee zu einer Theorie der prosaischen Einbildungskraft kam mir, verschwitzt rastend an einer zerfallenden Mühle im Westphälischen (am 18.5.1989), als R. eben ein System möglicher Grundformen skizzierte: Erzählen, Beschreiben, obsessiver Einfall. Da fuhrst Du vorüber, ein Engel aus Fleisch mit Blut und ein Inbegriff von Schönheit, und R. oder ich sagte: »nach brasilien wulld ich laik du go« (E. Jandl). Wir sahen die noch morgentauigen Beinwellstauden gegen Deine braunen Waden schlagen, dann nur noch Nachbilder, Nachgeschichten. Wir fuhren, an diesem Tag, ohne noch viel zu reden und ohne Dich wiederzusehen, nach Applerbeck, wo Dir meine Großtante ihren Namen gab.

Anfangs blieb die Zett still. Ab der Mitte der Geschichte begann sie zu trampeln und schrie: Scheiße, kann der nicht schreiben, daß es jeder versteht, und warum immer so hinabziehendes Zeug. Was schlimm ist: daß die Literatur den Bach ab geht; schlimmer: daß alle nun nach Einschaltquoten rufen; am schlimmsten: die deutsche Literatur; und am allerschönsten: deutsch schreiben und es nicht anders können und wollen.

Ha! schrie ich gegen die Zett: »Aufgabe von Kunst heute ist es, Chaos in die Ordnung zu bringen« (Th. W. Adorno). Die Zett drehte SWF I lauter. Noch nuschelte ich dagegen: »In jedem Beruf muß es jedoch zumindest einen Menschen geben, der in einem tiefen Zweifel lebt und in einen Konflikt gerät«

(I. Bachmann). Die Zett warf mit Möbeln. Von da an flüsterte ich nur noch durch ein aus Clopapierrollen geklebtes Hörrohr mir ins Ohr: »Das Wahnsystem Realität muß um seinen Alleinvertretungsanspruch gebracht werden« (N. Born). »Ich wache auf und weiß, ich werde lügen, lügen, lügen« (B. Strauß). »Die Sprache ist das wichtigste Instrument der Verweigerung des Menschen, die Welt so anzunehmen, wie sie ist« (G. Steiner). »Kunst ist genau jene privilegierte Institution, die uns das Bewußtsein dafür bewahrt, daß es viele Wahrheiten und also viele Welten gibt« (E. Lobsien). »Von allen halben Wahrheiten eines Textes ist die seiner Melodie die wahrste, denn ›Der Körper ist nun einmal die Realität‹ (H. Müller)« (C. Dessin).

In die Nacht fiel der überlange Schatten der Zett bis in die Kastanie. Die Scheiße da unten, schrie sie, als gäbe es heute nicht schon, meine W. Hildesheimer, zehntausend Probleme. Ich hatte damals H. Müller noch nicht gelesen, sonst hätte ich womöglich zurückgedacht: »Aber wenn man Stücke schreibt, ist der Hauptimpuls wirklich Destruktion, bis man, aber das klingt furchtbar metaphysisch, vielleicht auf einen Kern stößt, mit dem man wieder etwas bauen kann.« Das ließ ich Dir. Ich verließ das Haus, die Reverie.

Ich trieb mich umher (Caracas war eine Finte!). Und entschuldige mich bei allen, die ich abnotierte: bei einem Metzger in Carpentras; einem Betrunkenen in Aachen (18. 6. 1991); bei Schwatzköpfen auf dem Schützenfest in Meeder/Ofr., die, während sie an die Reifen des Toilettenwagens schifften, nicht sich zu raten abließen, wie man zu Kohle komme; bei einem Fußballjungen in Malmort; einem chinesischen Jongleur in St. Gallen; bei zwei Oberstudienräten aus Arnsberg, verkleidet als Zimmermannsgesellen, auf dem Dresdener Hauptbahnhof (Jan. 92); bei Krähen und Tauben; schon Almas wegen nicht bei der Zett.

Ich danke: E.-H. Müller und dem Land Baden-Württemberg, das mir für mein Vagabundieren ein Jahres-Stipendium schenkte, bevor es die Daumenschrauben des Wissenschaftlichen Dienstes wieder anlegte und tüchtig anzog: »Man muß an der Universität unterrichten oder eine reiche Frau heiraten, um sich den Luxus des Schreibens noch leisten zu können« (N. Mailer). Nun wäre es wahrlich angemessen gewesen, daß die Zett Scheiße geschrien hätte, was versteht dieser Amerikaner von deutschen Universitäten.

Ich danke: S. (Finte! Finte!); W. Ferchl, Kl. Isele, R. Korte und J. Laakmann fürs Mutmachen. Und G. Lehr/H. Schumacher (Aspekte mediengebundener Kommunikation am Beispiel Telefontreff Köln, Siegen 1989) für die am ausführlichsten falsch abgeschriebene Quelle. Und schließlich einem reichsdeutschen Standesbeamten, der meine Vornamen falsch eintrug und mit einem Hakenkreuz besiegelte.

P.

Unsinn: Zeitroman; Unsinn: Poetik. Es bleibt nur dies Lachen hier und der Tod. »Es ist mir heute noch ein Mirakel, daß ich nicht mit einem Riß, einem Sprung im Hirnkasten oder einem darum gelegten eisernen Bande herumlaufe« (W. Raabe).

A.